光与尘

第一辑

云姑 著

西南师范大学出版社
国家一级出版社 全国百佳图书出版单位

图书在版编目（CIP）数据

光与尘．第一辑 / 云姑著．-- 重庆：西南师范大学出版社，2020.2

ISBN 978-7-5697-0181-4

Ⅰ．①光… Ⅱ．①云… Ⅲ．①散文集—中国—当代 Ⅳ．①I267

中国版本图书馆 CIP 数据核字（2020）第 019319 号

光与尘·第一辑

GUANG YU CHEN · DI–YI JI

云姑　著

责任编辑： 李　君
装帧设计： 尚燕平
出版发行： 西南师范大学出版社
地址：重庆市北碚区天生路 2 号
邮编：400715
网址：http：//www.xscbs.com
印　　刷： 小森印刷（北京）有限公司
幅面尺寸： 145mm × 210mm
印　　张： 9.75
字　　数： 270 千字
版　　次： 2020 年 7 月　第 1 版
印　　次： 2020 年 7 月　第 1 次印刷
书　　号： ISBN 978-7-5697-0181-4

定　　价： 60.00 元

序

《列仙传》里皇初平学仙的故事，我一直很喜欢。初平十五岁那年牧羊，一道士见之，以为良谨，携至金华山石室中，四十余年弹指过，初平亦不复念家。其兄初起，于市集中遇道士，往金华山寻初平，果得相见，兄弟悲喜。初起见初平可变石为羊，也抛妻弃子，留在山中与初平一起修道。道成后二人一同回乡，见亲友大多已过世，便重回山中。初读这个故事，觉得荒谬，倒并非认为情节荒诞，而是情感不合理。初平在山中学道，半世人生中没有想过故土故人，与兄弟重逢时，何至于还有悲喜？及至自己下山回乡，在熟悉的堂屋前，看到长辈日渐衰朽，竹林繁茂若旧时，感慨难言，始信书不欺我。书中故事，皆是我亲身经历，但其中提到的人物姓名并非完全真实。隐真为假，又借假说真，实乃无可奈何之举。但请翻开书页的你相信，其中的风光和人情皆真实不虚。

此书所集文字，系我云游所见所感，从山中生活开始，到下山赴京结束，实则是不同的开始、全新的路程。当年入山时，也曾认真地想过，可以几十载深居林间，不复思念。虽不至于天真地觉得可以闲居不问世事如何，云起山门日已斜，但置酒烧枯叶，披书坐落花，这样的自得总该可以成全。久住后，容易产生此地可为家的错觉，却不知，契阔死生君莫问，才是常态。但毕竟还有广阔的风光、温暖的人情，它们是转瞬即逝的流光、敝帚自珍的微尘。幸有纸笔，记在这里。

戊戌清秋　云姑谨识于北京

第一辑 光与尘

第一章 山中日月长

王质者，东阳人也。入山伐木，遇见石室中有数童子围棋歌笑。质聊置斧柯观之，童子以一物如枣核与质，令含咽其汁，便不觉饥渴。

童子云："汝来已久，可还。"质取斧柯，烂已尽。质便归家，计已数百年。

——《云笈七签 · 洞仙传》

明

灯

1

上元节刚过，任师父就叫我一起收拾行李，说过几天要出门，去东林观做法事。询问过后，才晓得道观在泸县。那是昔日我读书的地方，忽然觉得很奇妙。我高中学校，依山傍河，校歌里有句“玉蟾山下，九曲河边”，学校要求我们都要会唱，同学们私下里讨论说不怎么好听。这些年过去，偶尔想起母校，脑子里先冒出来的却是这句歌词。

河既名九曲，想必很曲折，但我只见过一小截。每回放归宿假，拖着行李从桥上走过，见水面黑漆漆一片，实在缺乏美感，可听老师们说，河里鱼多。有过美好的回忆，某年冬至和语文老师沿河走到镇上吃蹄花火锅，中午人不多，只有我们一桌，白生生的蹄花煮出来并没粑得一塌糊涂，吃起来很有嚼劲，肉汤也可以那样清亮，一点儿不油腻，小圆碗里盛放着堆得尖尖的小米辣、葱花、香菜，辣得我脸绯红。吃完饭我们还要赶回去上课，对于一个月只能出一次校门的我而言，算得上奢侈。至于玉蟾山，光听山名，大约也能猜测以前是个道门圣地。我和同学去过山里，看到古树、木亭子、石刻、老庙，半山腰有卖凉粉和豆花的小摊子，去时很早，商贩正在生火烧煤炭，白烟子冒起来飘到林子里，颇有仙意。庙子冷清，没什么香火，有一个居士婆婆看守，可抽签也可请平安符。室内窗扉紧掩，一点儿光都穿不进去，那些立在幽深处的神像令我敬畏，只敢略略抬头望一下，恭敬地磕几个头。我那会儿对于运命这东西，谈不上信与不信，说到底对自身福报还多少有些信心，想着如此普通的一个人，过

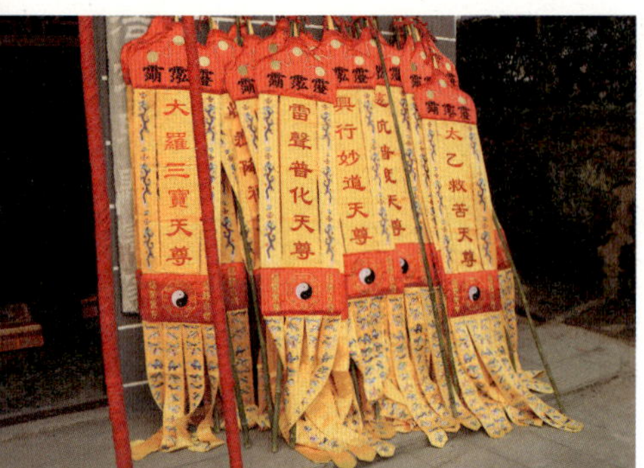

巡游时所用的仪仗

分的欢愉和悲苦应该都不会落到自己身上，而寻常的人生大抵差不多，就没什么算命看相的必要。

既然来了，留个念想的心思总还有，就跪下摇了摇签筒。并不记得殿堂里供奉什么神，但记得签筒上写着“观音灵签”。我不会摇签，直直地抱着签筒晃动，居士婆婆示意我把签筒倾斜一些。果然，啪的一声，掉下一支“李靖归山”。一看签文便觉得有意思，我素爱林泉，若签文真准，将来归隐山林，那可真好。签文云：“欲待身安运泰时，风中灯烛不相宜。不如收拾深堂坐，庶几光摇静处明。”还算读得懂这几句话，是让我安静下来，静中得慧。婆婆并不会解签，又递给我一道平安符，叠成三角形。那道符我并没打开看，不知道里面画的是什么，但大约是由于签文很合心意的缘故，很长一段时间里我都妥善保管着，后来到外地求学，搬来搬去，不晓得什么时候弄丢了。

在老君殿听任师父说要去泸县时，我心中想起这些。她拿钥匙打开藏书柜，里面摞着许多朝书、经、忏。这次出门主要是为给东林观新塑的神像“七姓将军”开光，鹤鸣山刘道长安排的法事单子，一共三天，要做的科仪有开坛启师、安奉灶君、灵祖正朝、拜斗解厄、静斗燃灯、贡祀诸天、安建寒林、开光科仪、铁罐施食等。文案方面也是他准备，此外他们还要带二十八道幡、小香炉若干。我们道院主要

做法事用的牒文

负责带法器、经衣和经书。

任师父将书拿出来后，我拿笔对照单子一个个圈点，再三确认没有问题才封箱打包。接着清点法器，小小一个坛场，真要全套带出去，也得收拾好几大箱子，要带的必备法器有鼓、铛子、帝钟、摇铃、引磬、饺子[①]、碰铃、二星，大点儿的法器单独装箱，小些的用黄纸裹好再妥善安放。除常用法器外，还要带拜斗所需的斗、五方旗。任师父专门多装了些疏文筒子、牒文筒子进去，以备不时之需。等到十九日傍晚，刘道长与李道长赶过来，我们互相确认东西是否带齐全。本想先把行李放车上，但道协的车还没开过来，只能等到第二天早上。

早饭后出发，一行人共坐两辆车，我们的皮卡走前面，开车的艾师更熟悉路。前半段路都好走，一进城，就有很多小路绕来绕去。出城后径往泸县，几乎都是乡村公路，岔路特别多，但艾师竟都没有走错，一点儿没跑冤枉路。道观在泸县百和镇，我们去那日刚好逢场，热闹得很，大家都挤在路中间，车子好不容易才开过去。我从车窗望出去，看到路边摆着许多水盆，里面的鱼儿活蹦乱跳，也有泥鳅、黄鳝，还有人卖大扫把、簸箕、背篓、鸡毛掸子等。乡村公路很窄，完全无法会车，好在路上并没有碰见过来的车子。将要到道观时看见一个池塘，水中有人用竹筐框鱼，田埂边一堆老人在围观。起初我很诧异，想着不至于捕个鱼也这么多人围观吧，等再往前

①一种类似铙钹的法器，四川一代的道人们俗称之为“饺子”。

开一点儿，看见“养老院”字样，才明白那些老人都住在养老院里。或许院里无聊，不如集体端着小板凳坐在田埂上晒太阳、看抓鱼。

进道观没走大门，大门外面路窄不好停车，走的后门，车子可以直接开到空地上。一进山门就看见两边种满果树，树上光秃秃的，一眼还看不出是梨树。后来当家的龚师父介绍，我们才晓得。她老远就站在草地上等我们，见车子进门就急忙迎过来，连说辛苦辛苦，还道我们要晚一点儿落脚，没想到一点刚过就到了。龚师父看上去四十上下，逢年过节来过我们道观几次。她拜我们当家为师，总要过来看望，年前就来过一次，带了好几筐橘子，又大又甜。她与我们当家年纪相差并不太多，可她在师父面前毕恭毕敬，像个小孩子一样，生怕哪里做得不好。她现今打理的东林观，是她母亲留下的产业，属于家庙[①]。听闻她母亲过世后，她辞职回来接手庙务。道观里里外外加起来八十多亩，要生存发展不是件容易事。她主持庙务前已有家室，如今她的丈夫和她一起管理庙务。二人的孩子在镇上念书，一家人以庙为家。

七星茶花

回收的蜡油，可以再利用，避免浪费

①当地老百姓说的“庙子”一词，涵盖佛教和道教的寺庙和道观，乃是一种统称。

那年夏天，
在二王庙一起看过的紫薇花

下车后龚师父先引我们去斋堂吃饭，我提着随身物品随师父们下车，四处望了望，先看到脚边一株红山茶，正午太阳晒过来，花蔫蔫的。出门时大家几乎都戴着围巾，这会儿太热，纷纷摘下。这一带雨水不丰沛，气温比我们山上高好几度，土地干燥，来的路上看见菜籽花几乎开遍了，而我们山脚下菜籽花才冒花心子。不只龚师父，接我们的还有丹山玉皇观的钟师兄①和她师父。她们的道观在叙永，离泸县还有点距离，师徒俩一早就坐车出发，在城里转车耽搁了些时间，不然还可以早些。自从二王庙高功培训结束，我和钟师兄就再没见过面，这一见，自然互相问起彼此状况。她戴着庄子巾，

①道教出家道众之间，无论男女，同辈皆以师兄互称。

殿前的含笑花和道友青色的衣袖

穿得比我薄，我忍不住摸摸她的衣角，仔细看了看她的衣裳料子。记得那个夏天看她穿过一件长衫，深沉的蓝，款式落落大方，当时特意问了问是哪里的布料，她说是与师父去北京时买的料子。也想起我们在二王庙斋堂门口的紫薇树下玩闹，她身子轻巧，呼啦一下就跳上去抱住树枝，还可以左右晃动，令道友们羡慕不已。

斋堂门口立着宣传栏，上面写着密密麻麻的粉笔字，大致内容是宣传爱国爱教，字体清秀。往里走是个过道，左边墙上挂着一幅小楷《道德经》，我凑过去看时，旁边师父也瞄了一眼，说知道出自哪位道长之手。右边墙上也挂着几幅字，我认得一幅是天师洞当家所书，另外一些不知出自何人之手。角落里放着背篓，里面堆

工整的粉笔字

满柏树枝，起先我以为是腊月间熏腊肉留下来的，后来才知道是神像巡游时要用。整个巡游过程中，专门有人抬着一口锅，一路不停歇地烧着柏枝。

这样看看，我又落到最后，进去时师父们都已坐好。素斋丰盛，有烧茄子、白水萝卜、炝白菜。甑子饭硬，大家不太吃得惯。那饭吃下去人不知饿，搁在心口，难消化。每天晚上回去我都要喝杯酸奶，才觉得能受用，上点儿年纪的师父吃着更难受。

墙角的柏枝和苞谷芯，记得小时候用干酥酥的苞谷芯引火，当然没有竹壳叶好用

简洁的厨房

第二天我们就委婉地给斋堂提了意见，将饭煮软些。着实觉得不好意思，总怕人家觉得我们过常多①，但又想着还有这么多天，吃不好怎么念经。

饭后收拾好东西，龚师父带我们去旅馆住宿，道观里硬件跟不上，容纳不下十几个人，只能开车去镇上住旅馆。她事先已订好房间，打电话时我听到几句，是她同学开的。旅馆在公路边上，门口有两棵红茶花，旁边挨着带院子的住家户，看起来倒不算吵闹。我们下车时，由于道装很显眼，周围的人都看过来。那家旅店在当地应该已是很好，热水电视一应俱全，我与师父选到的房间还带个阳台，入住时阳光强烈，我们连忙把鞋袜换下，搭在阳台上晾晒。拉开窗帘，底下就是隔壁人家的院子，几根晾衣竿上挂了些衣裳，远处是田土，种植有许多油菜花。白天旅店很静，一到晚上，竟然有许多人来唱歌。我倒还好，沾床就睡，但老师父们受不了那声音，当天晚上二楼唱歌的人闹到半夜一两点，第二天一早起来，师父们就说定要换地方，晚上休息不好，白天没法做事。

① 过常多，川方言，此处意为事情多。

露天厨房，一筲箕新鲜的豌豆尖

一大群人又不能分散住，换地方并不容易。后来在隔壁云锦镇找到一个相对安静的旅馆，只是卫生条件相当糟糕，棉絮早已发霉发黑。打扫卫生的人没有把拖把洗干净，地上一股水臭味。好在有个师父随身带着香，一个房间分一支，熏上好一阵子，才觉得房间没有异味。房间里有个小电视，晚上回去我和师父也会看会儿剧。她看的《大唐荣耀》，也不知道是哪一集，有个臣子们上朝的画面，大臣们手里倒捧着笏。道人做科仪也要用到笏，但高功法师拿到手里时换了个名字，叫“朝简”。陪她看了好一会儿，没看开头，我也搞

丰盛的午斋

豆花

不懂剧情，强烈要求换台，换到《三生三世十里桃花》。师父起先不看，往下看后发现有许多道教神仙，尤其是东华帝君居然和一只狐狸谈恋爱。灵宝天尊、司命等道教神仙都出现在剧情里，总归和自己生活有点搭边，师父便很感兴趣。在那里住了四个晚上，天天晚上回去都看，等到后面几天师父总算忍不住，对我说："他们这算什么神仙，竟然还有爱恨，你争我斗，这样子就算活个几十万年又有什么意思？"我听后捧腹大笑，连忙劝她不必认真，不过就是电视剧而已，看者也不会当真。她还是很不解，觉得这样并不好，会让神仙在人心中的威严大打折扣。听她这番言论，我一时想起尼采在《悲剧的诞生》中愤怒指责道："欧里庇得斯把观众搬上了舞台！"现今流行的文字和影视作品，往往很难给人肃穆感，因为我们将神灵血肉化。剧里那群穿着飘飘白衣，妆容精致的仙人们，除拥有变幻莫测的法力外，与普通人无异。他们并没有高不可攀的神性，一样要经历得

旅店外的风景

失取舍。似乎仙凡之间最大的区别是时差，而不是性格，他们过千八百年相当于凡人过三五年。这些剧情在普通观众看来很稀松平常，甚至极容易有代入感，浸淫在不死之身的轮回中，爱恨已经失去沉重感，只需一粒仙药、一次纵身，生命又可以重新来过。但在师父看来，神仙打架和谈恋爱实在太滑稽。我们日常生活中，时刻怀揣着对神灵的敬畏，当有一天发现他们被搬到屏幕上，具有凡人的情感，歇斯底里、泪流满面，便觉得不可思议。

2

做法事那几天天气都不错，未曾下雨，对于见惯两三天就下雨的青城山人来说，老天爷太赏脸了。每天基本上都有三四场法事，中途休息时师父们或在门边吃点橘子、桂圆、花生，或在周围散散步。我喜欢一个人四处转悠，发现东林观除了梨树，还种有不少玉兰，只是都还刚刚起花苞，香樟树也多，长得很高大。

道观隔壁连着一户人家，听说他们祖上一直住在那里。以前两边儿有些矛盾，大家住同一个山门内，道观为安全起见，要按时锁门，可隔壁人家又常要进进出出，到秋天晒谷子时，时间上的矛盾尤其明显。道观也和他们谈过补贴的事，看他们能否搬到别处去，但那家人表示，自己祖辈都住这里，没有搬的道理。后来道观出钱把他们家门口到寨门那段泥巴路打成水泥路，大家互相协调关门时间。他们态度也渐渐好起来，平日还不时送些油米过

青瓦和竹林，曾在屋檐下歇午觉

观内老殿堂一角

来。法会期间总见到一个中年女子和一个瘦瘦的小男孩坐在花坛边，看起来精神不是太正常，尤其那孩子，目光呆滞，身上脏兮兮的，可怜得很。

在道观转半天，没有发现碑刻，听一位居士介绍了些道观历史。那是个年轻男子，他说远在明朝，朱元璋建立政权之初，有位叫李文富的将军带领姜、黄、赖、巨、包、张六姓将领来到泸县百和镇平定战乱，拯救了一方百姓。当地百姓为感谢这七位将军，修建了功德庙，但当时能力有限，不能塑造七尊神像，就将七人合一，一同供奉，取名“七姓将军”。此后当地逐渐形成“七姓将军”巡游赐福的习俗。

整个道观里最值得看的是一块明代牌坊、一座清代惜字塔。牌坊建在通明殿前，大约有五六米高，由四柱支撑，十分气派。站在通明殿下望去，牌坊整体为五层结构，底下四根大柱子，往上是精致的雕刻，有戏剧、歌舞、对弈等形象，第三层有楷书“天下奇观”四字，第四层为横梁，顶层有飞檐，上头雕了葫芦。从七姓殿往上走，能看到牌坊另一边，正中间“云端金阙”四个大字格外显眼，旁边刻有小字，注：“明代万历庚辰”。此坊历经四百余年，还保留得非常完整，不知用的什么石头，洁白鲜亮，看上去并不太像旧物。我与师父爱在坊下转悠，看看上面的字画，尤喜欢清晨和黄昏之时，阳光照在石头上，光线柔和，有沉静的气息。该坊右侧有棵大榕树，底下放着石桌石凳，我与钟师兄曾在树下合影留念。

牌坊全景

牌坊细节

牌坊前面还有一座六层六角石塔，名曰“惜字亭”。我先看到这么一行字：“道光十三年仲冬月”，再往下石面就残缺难以辨认了。首层还可清晰地看到“惜字一万，延寿一春”几个大字，第二层是序言和一些功德主的名字，序言里缺字很多，但还能完整读出一些句子，如“天地名物胥因字而定”，“维有文字而后学校兴，有学校而后师儒立”，总之都是说明文字的重要性，劝诫大家惜字如金。这还是我头一回看见惜字塔，以前只见过化钱炉，是用来烧金箔纸钱的，后来才知道，惜字塔用来烧毁写有文字的纸张，表达着古人“敬惜字纸”的理念。再往上还有许多精致的雕刻，不过我并不能完整辨识出具体题材，只能模糊认出有凤凰、瓶花。我和师父围着塔转过好多圈，她让我多拍点细节图，将来有道观兴修建时，也可作些参考。

塔的左侧有座年生久远的坟，安葬着一位“合”字辈老修行，碑中间刻着“恩师李大清合元真人”字样，小字已模糊，顶上是“玉清仙府”四个大字，装饰以云纹，简洁大方，两侧有联，曰：“炼道自清时接引○登两○，分枝从柱下精灵永镇东林。”看时我们还在谈论，这一看就是老碑。上面不仅刻有老修行的道名，也刻有他的俗名，这

惜字塔

惜字塔近景

塔上的字

位老修行俗名李大清，道名李合元。据刘道长介绍，这是以前的刻法。我确实在山上没有见到这样的碑，所见基本上都刻的是“某某门派上某下某某真人”。那碑只有一面，没有关于老修行更多的生平介绍。

七姓殿修得并不算宏伟，小小巧巧，殿堂侧面开了一个池塘，边上有棵很大的香樟树，枝叶覆盖住檐角。大殿里新塑的神像，因还未开光，用红布遮着，此外两边挂着许多隶书诗文，皆出自同一人手笔，字迹端正秀丽，听闻是附近一位德高望重的老前辈所书。无事时我仔细读了读，内容大多讲的是修建道观的过程，以及赞美神灵的功德，这倒可一补我没有看到碑文的缺憾，其中有一首《将军出土》：“七姓金身何处寻，亭边翻土显原形。污泥未腐除妖剑，慈目尤怀济世心。为保民生肩可断，长遗胎息道犹存。仙家何怨崎岖路，三折波头水更清。”落款

用红布盖住的神像

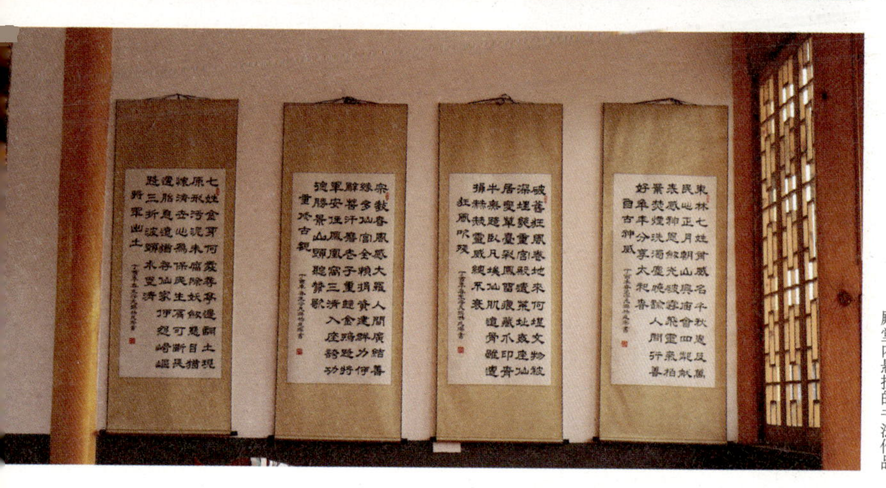
殿堂内悬挂的书法作品

为“丁酉年春王守先撰杨廷璨书”。末尾两句虽也是说理，比其他几首要说得好些。

等到开光那天，原本冷冷清清的道观忽然涌来成百上千的居士，斋堂外摆满免费的斋饭，挤着挤着地坐了一百多桌。殿堂前大空地里，摆上了领导们开会要用的桌凳；道观还请了人舞狮和扭秧歌，会议过后老百姓就人挤人地去看表演。地上尘土飞扬，演出的人全穿着短袖，要很用力地翻转，真辛苦。我们做法事期间，他们同时抬着神像巡游。我和师父们从旅馆过来的途中就遇到巡游队伍，有人举幡，有人捧香炉，有人敲锣，最引人注目的是锅里焚的柏枝，一路香烟缭绕。

焚烧柏枝

神像巡游赐福

我们山上也经常做会，但我还从未看过开光，这次还让我给高功法师当二科[①]，心里很忐忑，上坛场前就一直和刘道长交流，什么时候该做什么，请他一定要给我使眼色，生怕自己做得不周全。整套过程我没有学过，看刘道长做时觉得很复杂，要记许多讳令和咒语，还要用到特殊的符章。开光比较特殊的一个环节是给神像梳妆，会用到梳子、铜镜、毛巾、针线、毛笔、朱砂。在那不久之后，我们道观九天玄女开光，也请刘道长过来做高功，我仍给他当二科，又仔细看了一遍全过程。记得那天我捧着香炉，从一楼缓步引路到二楼慈航殿，满路柏香袭人。

神像巡游，仪仗队经过村公路

①二科，高功法师的助手。

舞龙

巡游结束，送神像进殿堂

给神像开光要用到的梳子、毛巾、铜镜、朱笔等

最后一天晚上做“铁罐施食”，民间俗称“放焰口”，旨在超度亡魂。坛场摆在殿堂外，布置时一直起风。我和李道长一起整理“鬼吊子”，那是用来招魂的，上面写了不同类型的亡者，士农工商各行各业都有，比如“十载寒窗孤魂众，几年丹灶众鬼魂。三世功名孤魂众，失本忘家众鬼魂。肥马轻裘孤魂众，少衣缺食众鬼魂。鲁莽樵夫孤魂众，绿蓑钓叟众鬼魂”。这些辞文极美，做法事时还要唱诵，韵律哀婉。那天傍晚，太阳未落山时，我与几位师父坐在山门口，听她们一人一句地唱着。师父们细心引导我，如何体会经文的情感，令我受益良多。

等到夜间，要给孤魂点引路的烛火和香，烧许多钱纸和符纸。原本让观里的居士帮忙拿去山门外烧掉，不过他们平日没有这样做过，不知该怎么办。我与另一个师兄立马换下经衣，打着手电筒去山门外烧。先要点香

坛场

经衣和橘子

夕阳

超度时用的招魂幡，每个细节都需要手工完成

蜡，可我们巡视半天，发现还真是个很具体的问题，附近的土壤都很干燥，香蜡难以插下去，泥土稍微松软的地方，又生了许多枯草，极容易引燃。折中处理，我们只象征性地插一些。

烧纸选在一个空地上，火焰燃起来时我才注意到，山门附近有大量坟墓，怪不得先前任师父交代多准备些脱生符，说这么多年来没有做过超度，这次我们难得过来，要好好做一场。风又大，烧纸时人不敢离开，人手一根竹竿护着火堆，不能让火星子到处乱飞，偶尔有些散纸飘到半空中，我随着看去，才发现天上星河灿烂，犹如盏盏明灯，并不遥远的山下，村子里灯火也还亮着。似乎有家人在办喜事，请了

寨门

寨门外的风景

寨门外的风景

歌舞团在表演，时不时发出震天动地的声响，传到这头，却并不觉得多吵闹，像平静的水面时不时冒几个泡泡。山门内师父们还在念经，鼓声咚咚不歇。

法事结束时已过了晚上九点，龚师父还想留我们吃消夜，但连日的劳累让我们只想赶紧收拾东西回旅馆好好休息。大部分东西在傍晚前已提前收拾好，此时需要再次确认，牌位、经书、法器、衣裳，我拿着单子一样样清点。从寨门外吹来的风越来越紧，师父们又都戴上围巾。几个时辰的经念下来，杯子里的水也几乎凉了。龚师父有心，给我们提了蜂蜜、梨儿酒、煮熟的鸭蛋鸡蛋，新鲜的蛋则用米糠护着。昏光下，七心茶花隐隐可见，临走时我回头看了好几眼那盏立着的天灯，像极了二十年前，故乡的湖边上，并不如何明亮的月色。听说那灯每逢初一十五要点亮，这也和故乡的习俗相同，毕竟两地相隔不远。

清早离开旅舍，天蒙蒙亮，门口有位老爷爷摆菜摊子，三轮车上堆着莴笋叶、圆白菜、冬寒菜、盐菜等，同行的师父买了十几斤莴笋叶，要称秤时，冒出个小女孩，手里提着秤和秤砣，透

老爷爷的菜摊

道观的菜地

着一股子聪明劲儿。问她几岁，说六岁，就在旅舍对面的幼儿园上学。走过一条街吃早餐，才知道我们住在关圣街，隔壁是文庙街。吃了红豆稀饭、白糕，铺子里还有猪儿粑、小笼包、馒头、饺子。

在菜地里看过的夕阳

第二天回观里拉行李，和来那日一样逢赶集，路上有婚车接亲，堵车堵了四十多分钟才上山。临走时和老居士辞别，感激她们连日来的辛苦。她们很客气，说有空二回[①]来。我含笑答应，请她们有空来山上玩儿。身旁的李道长听后随口说了句："二回又不知是什么时候。"我坐在车上，望着窗外，地里豌豆尖长了好高，牛皮菜长得很肥壮。记起幼年时，外公喜欢把牛皮菜外面的茎撕掉，用白水煮得烂烂的，蘸辣椒酱吃。还有一株结许多花苞的白玉兰，头天我曾站在树下看夕阳，眼睁睁看着蛋黄一样的落日缓缓沉下屋脊。这

①二回，川方言，意为下次。

些寻常之物，以前看过，以后也会常常见到，但每回遇到，我都很珍惜。

丁酉二月十五，道祖圣诞。逢戊不朝真，已提前做了庆贺法会。终日雨水，回忆东林观开光事。午间散步至客房小院，雨中李花清绝，枝叶闲闲疏散，闻之有青草味。明日唐师兄冠巾，邀我上山吃饭。

沉醉犹知归路

1

有木樨香气的秋雨里，适合闲坐窗内，剥食栗子，饮几杯浓酒。想起一位友人酒醉后的模样：双手环抱膝盖，双泪直流。那会儿我就想，心里没有苦楚的人，想必这天底下是不存在的，连我这样并未经历运命把弄的人，尚要写些胡话。此时宿醉未醒，风静雨歇，洁净的山路上花木的清气还飘荡在脑中。

友人从国外回来，住在附近的道观，她知我出门不易，提前给我发了信息，让我有空联系她。她自幼在国外接受的教育，毕业后也留在当地做老师，假期比较多，几乎每次放假都要回国，喜欢到山上小住。她难得来一趟，我考虑到节假日香客拥挤，到处都闹哄哄的，不适宜出

瓦莲花

门，遂约好去山里散步。夜里听见雨声，醒转一会儿，有些担忧早晨还要下，出门很不方便，没想到念经后雨也停了，天虽说仍阴沉沉的，但空气凉爽透心。

沿河边走，我们往侧山去。河水上涨，泡桐花谢后，结出一

晚饭花

木芙蓉

串串的果实，路边的杂草也被清理过，铁扫把已长得老高，不久就可以砍下来做扫把。进山前经过一个小区，四处开着白色和紫色的晚饭花，木槿也很多，听人说木槿煮米汤很美味，但没有尝过。最惹眼的当数木芙蓉，此地的木芙蓉有单瓣和重瓣之分，前天傍晚，我与师父去师伯家，在他们小区里看见好些单瓣木芙蓉，开得野趣盎然。

那天唐师伯煮了一碟饺子，另有一大盆面条，一盘白水花菜，菜里只放了些香油和盐巴。她知道我能吃辣，准备了许多辣子，香醋很甜，也开胃，我吃了好多。周师伯知道我头发长了，又给我做了新簪子，雕刻的蝙蝠花样，要我把这样多的福气戴在头上。和周师伯在露台上聊天，抬头看到他养的多肉长势喜人，每盆都长得肥肥的。他说多肉不喜欢太晒，但也不能太阴，适合闲散地养着，你越是在乎它们，可能越种不好。他的孙女娇憨可爱，在一旁自己玩过家家，自言

木槿

自语着，我们也不知什么意思。我说，孩子有自己的世界，这样很好。师伯也说，就让她一个人玩儿，不干涉她。小妹妹很懂礼节，见到师父就要深深作揖，又爱笑，吃东西挑得很，唐师伯特意给她炖鲫鱼汤，里面放了点小面疙瘩，她一个人端在小凳子上乖乖吃饭。

重瓣木芙蓉更好看，粉嘟嘟的，但现在开得并不多，我只见到零星几朵。进山后蚊虫多起来，蚊子欺生，不怎么咬我，友人被叮了好多包。路旁的茶树已开花，洁白的小花朵，花蕊特别突出，花瓣往往开得不是很散，微微收拢着。师父说那茶花可以泡茶，我喝过觉得有股清苦之味。山脚有户人家，住着一位老道长，每年栗子熟后，他都要在门口晒好几筐。这次去并没有看见栗子，他的小屋新刷了漆，底下一截是粉色，上面是白色，门前杂草清理干净后，看起来宽敞了许多。地里芋头、辣椒、茄子长得很好，我还和友人说，茄子

秋天，道长晒的野板栗

花和辣椒花都是低垂的，不抬头。友人试探着问我：那是芋头吗？我哈哈大笑，知道她想说什么，许多没见过芋头的人，只看叶子就以为是荷花，但是又觉得奇怪，荷花不是长在水里的吗。我笑过后，友人抿一下嘴，说她心里正想这个。上山时刚好碰到老道长，他看起来精气神还是那么好，笑眯眯地与我们打招呼。走到他房子背后，见银杏叶已经枯黄，飞蛾藤见缝插针地生长，花朵虽小，香气却很吸引人。

友人学的是理科，表示不太能纯粹欣赏一个东西表面的美，比如这些植物，看多了难免觉得没有新意，她更喜欢探寻它们里面的结构，生长和繁殖的方式，等等。她和我说了许多有意思的事，如植物本身不是为了长给我们看的，它们的一切行为都可以用最基本的生存繁殖之道来解释。飞蛾藤的花很小，香气也并不浓郁，它们为了让蜜蜂停留下来传粉，往往要集中生长，如此才能吸引昆虫。路旁有很多野棉花，当地人叫打破碗碗花，有白色和粉紫色两种。她让我看花瓣的数目，我数了数是五瓣。她说大多数花瓣都是单数的，其中有一种数列规律；她还在本子上写了一串数字，最后形成一个螺旋。我听得似懂非懂，只觉得那个零就像一种混沌状态，像极了道生一，一生二，二生三，三生万物的意思。她让我摸一种表面有绒毛的叶子，让我猜猜为什么有的植物叶子有绒毛。原来这是植物自身为了锁住水分。还有一些长条的叶子，仔细摸摸后会发现叶面并不很光滑，里面有很多细小的槽。这是天然运水管道，雨水打在叶子上，又顺势流下，可以浇灌植物的根部。仔细观察叶子两边的叶脉，不完全对称，总会错开一点儿，树枝也是如此，这样才能保证植物的身体能均匀吸收水分。

那条路上有木姜菜，故乡用来拌吃豆花的辣椒酱，每户人

飞蛾藤

家的门口必定要种几棵，每回豆花出锅，大人调辣椒时就支孩子去扯一把葱葱讨两把木姜菜。但这里的人更爱吃藿香，木姜菜被冷落在山间。此时还不到开花的时候，再过个把月，紫花一开，呈现花枝摇曳的画面。友人说东北也有这种植物，叫法不同，也拿来食用。她边说边摘了几片叶子嚼碎，接着喝了口水，说水更有甜味，让我也试试。路旁还有许多“蕨基草”，是蕨菜的一种，一张张叶子很大，友人看到后和我说，蕨菜是一种很厉害的植物，至今仍保留着三套繁育系统，有很强的生存、竞争和环境适应能力，它们会根据自己所处的环境决定开启哪一套系统，而很多植物在适应了某种环境后，就会把从前的记忆丢失掉。我听后觉得十分有趣，感觉人也是这样，很少有人能够在优越的环境里还保持着最初的技能，条件一好就把人养“残废”了。友人曾经修过生物课，她说那时候也不

木姜菜

鬼针草

是很感兴趣，今天爬山，倒是想起来不少往日所学。她感叹，植物其实很厉害，不要小瞧眼前这些花花草草，一棵树就是一套生态系统。很少有树是独自生长的，藤蔓会依附于它，而高大的树木之间不仅会相互竞争，也会相互礼让，人类真应该多向它们学习。松树特别能干，长到一定程度可以自动调节土壤的酸碱性。澳大利亚的植物叶面看起来更为光滑，是为了保护自己不被太阳晒坏。

我对这些知识都很有兴趣，她说可以把教材借我看。只是那些教材都是外文，我觉得自己读起来会比较吃力。顺便说起学语言的事，她父亲是早年留学德国的工程师，打小就亲自培养她的语言能力，还请家庭教师做专门辅导。她建议我学习要从自己喜欢的东西入手，比如喜欢植物，就多看看关于植物的经典，一段时间后语言能力会有明显的提升，还有就是重视记单词。她说，小时候爸爸问她，一串珍珠在面前，你会先看到什么，肯定是珍珠。这些珍珠就是单词，但是我们的教育却过于强调语法——那根穿珍珠的绳子，然而最重要的还是珠子本身，线只是辅助。她的一席话，让我生起好

打破碗碗花

好学外语的信心。

这样走走停停，以往走半个小时的路，我们不知多走了多久。途中有一户人家，门口有个木头搭建的栅栏，想到那句“柴门闻犬吠”，觉得很有山野趣味。然而马上就诗意不起来了，待走到那里，三四只土狗闻声而来，汪汪直叫，吓得我们根本不敢往前走。这边不少人家喜欢养狗，且不套绳子，恐怕很多连疫苗都没打。我们退后几十步，往上面的住家户呼喊了几声，并没有人回应，出于安全考虑，决定打道回府，从山脚的另一条路上去。走到转角处，我又回头偷偷瞅那几条狗，还蹲在柴门外紧紧把守着。

回去的路走得格外快些，等到山下时，路过另一个老道长的门口。听人说这位道长从前也在山上修行，年纪大了亲戚接回家去照顾。院子不大，也算不上精致，但养育的植物种类繁多，夏天我去看过木绣球，此时门口

青苔

山路风景

挂着灯笼花，地上有几盆开着的秋海棠，其余大多不在花期。有只美貌的黑猫定在石桌上一动不动，友人眼尖先看见，推我手臂让我赶紧看，我看了好几秒以为是只假猫，举着相机走到它身边，它竟然还没反应。我大着胆子越走越近，它倒真不怕人，可是招来屋子里一堆狗狗，白的黑的，短毛的长毛的，一窝蜂出动，吓得我赶紧跑到旁边的小亭子里。亭子边上摆了几个大花盆，狗狗们没有上来，围着我叫个不停。友人站在外面向隔壁的保安求救，那保安很淡定，说这里的狗不咬人。我幼年曾经被狗追过，一直有心理阴影，抱着木柱子不敢移动。这会儿主人出来了，老道长披散着一头白发，清清瘦瘦的，一招呼狗狗就全跑到他身边去了。他安慰我不要怕，说狗不咬人。我有些不好意思，如果不为了那只猫闯进院子就没有这些事，连忙说“对不起”，又说是因为猫太好看，忍不住进

老道长养的猫咪

初夏时在老道长院子外看到的木绣球

院子里种类繁多的植物

来给它拍照。老道长笑眯眯的，叫我不害怕，尽管拍。我哪里还敢多停留，连忙拉着友人离开。

穿过小区，路过一方小小的荷塘，荷的叶子没完全枯萎，中央的仍绿油油的，边上的大多干枯了。水边有家住户，门口种了一片红黄相间的美人蕉。黄色的中间有许多麻子点点，并不很好看，红色的则像绸缎一般，若仔细看，还会发现它们的花边上有一道细细的金边。走到上山的另一个入口时，遥遥看见一个男孩子拖着行李箱下山来，我觉得眼熟但一时间回忆不起来。他一见我就打拱手，喊我“周道长”。我停下来细细一看，竟有这么巧的事。那男孩子同我年龄相仿，

美人蕉

头一回来这里时，我与朱师兄在马路边散步，他说想上山清静一段时间，问我们哪个宫观比较好。初次见面时，油菜籽还没收，算起来都快有半年了。他的头发长了许多，看起来洗头不勤快，油腻腻的，斜梳到一边。我见他气色比那时好很多，问他是否想通了，要回家去。他笑盈盈的，说要回去工作，踏踏实实生活，也感叹没想到来和去都能遇见我。我们和他告别，侧身时见

荷叶

鸭跖草

他背包边上挂着一双鞋子，滑稽可爱，想必为收拾东西费了一番脑筋。

山路顺溪而上，耳边溪水声潺潺，随处可见深紫色的打破碗碗花。走到玉清宫外的亭子，遇到一个背雪莲果上山的嬢嬢[①]。她一直招呼我们买雪莲果，说雪莲果润肺止咳，吃了对身体好。我想她是打算从玉清宫走到上清宫，这样走要近很多，她背篓里的雪莲果还包得好好的，休息时她自己拿一个出来削着吃。山上很多小商贩，背着腊肉、蒜蓉豆腐、香肠、黄瓜、小西瓜、雪莲果做小生意，边走边吆喝，爬山的人累了往往会买点充饥解渴。雪莲果是当地特产，长得像红薯，吃起来更脆甜些，通常卖五块钱一个。商贩们有一套吆喝词，保证自己的雪莲果是野生的，有滋阴养肾清热解毒等效果。一直没见过雪莲果是怎么生长的，或许和红薯差不多吧。

嬢嬢见我们坐下，问我们从哪里来，我不大喜欢和陌生人

野菜“鹅脚板”

蓼花

①嬢嬢，川方言，意思是阿姨。

搭话，但还是回了她的话。她边吃边说：“出家不好，人还是要结婚，这样才完满。”我听后没回话，拉着友人继续往前走。玉清宫门口是一大片茶树，只有中间一道石阶供人行走，此时茶树已老，色泽深了不少。茶树地下有许多红蓼，很小一株株的。上来的路上看到的大多是白蓼，我指给友人看，说自己的第一本书

风雨前，茶园里的树

菜地里的扁豆花

里提到的就是此花，她没想到竟是这么不起眼的花朵。我又告诉她，蓼有很多种，大的能长一米多高，肥厚的粉红色穗子弯弯低垂。路旁还有苕菜，并不当季，花开得少，此外鹅脚掌、竹叶菜都随处可见。

走到灵官殿前，左边那大块空地，是观里的菜园。这边交通不便，人工运输成本颇高，观里要尽量多种些吃的。现在是换

季的时候，秋茄子、黄瓜开始下架，地里有些空荡，新栽的菜秧秧还没长起来。扁豆是最容易生长的，挨着栏杆攀爬，友人说那豆子花的紫色有些俗气，我倒不觉得，退后几步看，山间有蒙蒙水雾，稀疏的小花零星点缀着，很有趣味。菜园的中间立着一棵藤梨，一个多月前我上山来，亲自尝过味道。上头的院子里有棵很大的板栗树，那会儿我曾在树下喝茶，青色的栗子壳偶尔落在地上，蚱蜢四处跳窜，一只跛脚的螳螂停在桌子边一动不动。

天晴时的茶园

过灵官殿，碰见从前来观教授太极拳的老师，他在此处租了地方开班授课。打招呼后问了他学拳的人多不，他道客房已订满，节假日上山来修养的人格外多，又留我们吃饭。刚好是饭点，我们也不客气。陪友人在观里四处走了走，好几盆兰草开着黄花，却没有什么香气。坐在殿堂前的木椅上休息，一只小黄猫窜出来，可能平日很少人来，没人陪它玩儿，它一见到人就腻歪起来，喜欢蹭裤脚。友人逗了好一阵，那猫一直不肯离开，此时观里的师父开始供斋，敲起木鱼念供养咒。我便拉着友人去茶园坐，不想发出什么声响打扰到师父诵经。

茶园里空无一人，猫咪又跑到更宽的地方打滚。我在院中走了几步，抬头见那棵高大的玉兰都结子了，旁边还有蜡梅树，往年一到花期我都会来。厨房里帮忙的邓孃孃，之前在我们观里做过事，她人和善，做菜好吃，不多话。这里的茶采自山门外的茶

观里的猫咪

兰草

园，没打农药，做得干净，泡开后可直接饮用，不用倒茶渣子。我们坐着喝茶，一会儿邓嬢嬢便端了一盘炒栗子过来，客气地说我来都没打招呼，她上午去林子里捡板栗去了，要是早知道就多准备点菜。我本是客，忙说叨扰叨扰。野板栗个头小，但吃起来又粉又香。山中板栗树多，只要一开始落，观里的师父们转耍时都要带个袋子捡。还听说，有的师父半夜不睡觉起来捡板栗，等其他师父起来后发现地上什么都没有。真是很有意思的事。板栗并不值个什么，一个人也吃

道长做的豆豉

不了多少，捡板栗并不是为了口腹之欲。山中清寂，这也是一种排遣。

栗子虽好吃，但不敢贪多，吃饱了便吃不下饭。午餐很丰富，有南瓜汤、炒红苕藤、腊肉、青椒炒牛柳、醋炒青椒，蔬菜都是这里地里的。邓孃孃说今年的秋南瓜特别甜，我连喝了好几碗汤。那腊肉肥瘦相间，深粉色，一看就知道是新熏的，听老师讲是特意用桂枝熏出来的，一般都用松柏枝，他今年用桂枝，熏后格外香。每年腊月间下山买东西，家家户户门口都架着火堆，上面烤的是一年要吃的腊肉和香肠，外面用个铁皮桶围着。我总觉得那不干净，铁皮桶之前不知道装过什么，那么大的火一烧，不好的物质全浸透到肉里去，加上烧的木头又很杂，倒不是熏出来的，是闷出来的。喝的药酒，听老师说里面有石斛，我也不太懂，只是看倒在玻璃杯里像桂花的颜色，透亮的黄。

炒栗子

不知何时下起雨来，屋檐上雨珠成线，渐而天也更阴沉。一男一女从山上下来，雨天留人，他们坐隔壁桌休息，邓孃孃便起身去给他们炒菜，恰好我们也杯盘狼藉，她又端了炒土豆丝和麻婆豆腐过来。豆腐小块，上面撒着一层胡椒粉和花椒粉，入口顺滑略麻，辣味很淡。我饮完

楹联

玉清宫的法鼓

一杯后，身上开始觉得凉，抱了抱双臂，还好早晨出门穿了厚衣裳。大家不知怎么聊起过世的亲人，老师瘦了很多，胸前戴着“孝”字。他说回家后几天就忽然瘦下来，用了好长时间才确认，父亲是真的走了。我们聊起人的情感，我说我上山这几年，不在于学到什么技艺，最大的收获是学会面对自己作为一个平常人的情感。他听后笑了笑。我说这对于你们而言很容易，但对于我们来说，要放下世人的眼光，放下自我的欺骗，不是那么轻而易举的。我举了个例子，一个寻常人在这桌上哭泣，旁边的人或许会安慰他，不用那么难过，看开些，但若一个修行人在这里哭泣，别人就会诧异甚至质疑他的修行是否合格，为什么还会为世间事流泪。出家修行也有危险，一不小心，容易把自己摆在很高的位置上，然而其实除了这身衣服与众不同，我们该经历的，一样都躲不掉。

迷迷糊糊中，我感到自己酒力不胜，便唤来邓孃孃，烦请她扶我回房休息。她带我去她的屋子，我大概是因为吹了点风的缘故，不多一会儿就吐了一遭，神智仍是清晰的，不停地和她道歉。她拍着我的肩膀劝慰，说什么事都会过去的，又扶我去另一间房，和友人一起歇息。这一觉

殿前的桂花树

睡得很漫长，什么梦都没有，醒来窗外已彻底昏暗，雨声淅淅沥沥，一时半会儿肯定停不下来，山路泥泞，我也无法走回去。这样躺在床上，昏黄的灯光分外柔和，厚实的棉被给人安心感，嬢嬢敲门进来，手里提了一壶水。对面床的友人还在沉睡，我侧身向嬢嬢道歉并表示谢意，她又问我胃里难受不，要不要喝稀饭，厨房里煮着有。我并不饿，更不想麻烦她，也请她早些休息。起身倒水时，友人在翻身，人也醒了几分，说是口干，我又倒了杯水放在她床头。等水凉的时间

长满青苔的石阶

里，俩人七零八落地聊着，我亦未完全醒，嘴里还背着诗词："少年听雨歌楼上，红烛昏罗帐。壮年听雨客舟中，江阔云低，断雁叫西风。而今听雨僧庐下，鬓已星星也。悲欢离合总无情，一任阶前、点滴到天明。"这样的句子，从前在课堂上学习时，无法明了。我还未到白发成霜的年岁，但借地而居的这几年，对天道无情乃至世间薄情，都有几分切身之感。谁能想到，会和对床的这个女子，一起在雨声里背诗文。她说："人世几回伤往事，山形依旧枕寒流。小周师父，你不要那么担心，或许将来你枕的不是寒流。"我是记得她这句话的，不知醒来时她自己是否还记着。

后半夜一直是半睡半醒的状态，先是听见敲钟鼓的声音，接着木鱼声又响了很久。天蒙蒙亮时起身，洗漱好后走到院子里醒神。清晓的道观格外洁净，连尘土都还未苏醒，只有鸟雀在屋檐上叽叽喳喳，屋脊外的白云缓缓流动。站在栏杆旁定了定，见右侧的廊下有十几盆兰草，左侧边上的石柱已出现坍塌，碎石块无人收拾。香炉里只有一炷清香，才燃三分之一左右，油灯日夜不停地燃着，油垢遮住了灯原本的样子，看上去黑漆漆一层。

醒来看到的青瓦

2

那夜里频繁起身，喝了好多水，脑子渐渐灵醒①。屋外一直下雨，我们住在最后一重院子里，天井下的空地，现在铺上了木板，雨水从缝隙里流下去，上面还泡着几桶衣服，不知是谁没来得及洗。屋檐下挂的干衣裳，飘了这一夜的雨水，怕又要晒好久。在廊上静立须臾，周围黑漆漆的，什么也看不见，只有小木屋里的灯亮着，可以清楚地听到夜雨的声音。那夜我是睡足了的，约莫寅卯之交时，还做了个梦，梦见一个老道长赠我一双鼓槌，其余还有些繁华热闹的场景，却一个都不记得，只确信那双手递给我鼓槌的画面，安稳沉实。

①灵醒，即清醒。

供果

道观的清晨

祖师爷的供桌前摆着两个盖碗儿茶杯，是一片黑灰色里惹眼的亮色，中间供有一盘水果，几个猕猴桃和青皮橘，个头都不大，大概是在道观附近摘的。

走进殿堂，这才头一回细细打量两边的壁画，左右两侧各绘有一屏巨制山水。光线昏暗，站在外面只看得见绿色的山形，又往里走，先看左侧一幅《云山栖隐图》，青山绵延，云雾缭绕，青松点缀，晃眼看也不过如此。但站近看，山间还有一帧帧小故事，古松下青瓦朱楼，窗内隐士高卧、听风赏云。盘桓的山路间有人拄杖前行，我似能感觉到他的喘息声。一行人在赶路，几个在前，一个落后，前后人物呼应着，静中有动。以往我并不大爱看山水图，更喜虫鸟花枝类的小作品，这会儿半醒半醉立在真山真水里，又误入这虚山虚水，想那行走在林间的人，是否知道目的地就在不远处呢。我站在局外看得是很清楚的，他又是否知道有个我在云山外注视他，又或者，我也只是虚空里的镜花水月，是谁随意点的一滴墨汁。眼眸往上扫，这才认真看了题款：“莫道玄关消息深，高山流水少知音。若是寻着来时路，赤子依然混沌心。岁次庚辰仲夏，西川

山间

松下

亭台烟柳

竹都散人恭绘。”绘这样的壁画很费工夫，观里做彩绘装饰时，我曾亲眼见过一个年轻女子绘壁画，很考腕力，尤其是头顶的作品，手腕要弯曲九十度，身子坐在梯子上，头还得一直抬着，单从体力上说，就是一件辛苦的事。

转过身去，见右侧那幅笔法相同，风格呼应，题名《溪山幽居图》。此图结构松散些，山脉集中安排在右边，左下角一大片留白，为一面宽广的江水，水自远处若隐若现的山间顺流而下，流至几幢亭台楼阁下。绘者在这亭台楼阁上落笔并不多，仍是青瓦朱楼，屋檐被古树覆盖，看不完全建筑全局。亭子临水而建，右侧一棵大垂柳，丝绦细密轻柔，树干古拙苍劲，斜度并不大，可见绘者想表现的是风平浪静之景，天地清宁，云自去来。顶上仍有一行诗，是李太白的《山中问答》：“问余何意栖碧山，笑而不答心自闲。桃花流水窅然去，别有天地非人间。”

云山

行路人

出了画境，空庭无声，仍是方才的样子。站在香炉前舒展筋骨，仔细看观里的屋顶，皆是青瓦覆盖，瓦当是菊花样式。别处的宫观在屋顶爱装饰双龙抢珠或寿字图样，这里十分简单，取材仍是瓦片，堆砌出花瓣的模样，玲珑别致。不禁想起郑板桥的两首《道情》，一僧一道，“老头陀，古庙中，自烧香，自打钟，兔葵燕麦闲斋供。山门破落无关锁，斜日苍黄有乱松。秋星闪烁颓垣缝。黑漆漆蒲团打坐，夜烧茶炉火通红”。“水田衣，老道人，背葫芦，戴袱巾，棕鞋布袜相厮称。修琴卖药般般会，捉鬼拿妖件件能，白云红叶归山径，闻说道悬崖结屋，却教人何处相寻？”词里的景物，光读缺乏鲜活气息，有游历和感知终究是不同的。

走廊左右两边也有两幅画，一梅一兰，与殿堂内的开阔雄伟不同，题材和线条更显小巧明快。右侧的墨梅古枝横卧，花枝皆向上生长，点点墨汁，令人如闻花香，右下角亦题有诗一首：“不待春风芳信至，暗香一缕入窗纱。却教历尽风霜后，始作人间第一花。”图中绘的是白梅，这花附近并不多，斋堂边倒有一棵蜡梅，年年芳信不爽，站在这

抱着元宝的童子

殿堂桌子上手抄的经书

相宜，久看不厌。诗文的安排也错落有致，不显拘谨，诗曰：“青城幽谷百鸟喧，犹有幽草出山间。此花不是凡尘种，应是瑶池一洞仙。”

我曾养过一盆春兰，花发十数枝，满室清香，怕花吸收土壤营养，得尽快折来分送邻屋。志书上说青城的兰草闻名于世，素心兰尤为珍贵，前年我与刘师兄在隔壁的镇子见到摊贩售卖，叶色翠绿，小黄花典雅可人，略微走近就能闻到幽香阵阵，价格并不贵。我迟疑了很久，到底是没买成，总怕自己养不好。兰草挑土壤，师父房里的兰草往年都养得好，因她用的是专门从大面山

后院，也能看到树影。左侧的墨兰图，是我更偏爱的，兰草不好画，构图不能太杂乱，闲淡几笔，要绘出兰草的韧性，不可柔弱无力，更不可显得娇媚俗气。这两株兰草，笔墨不多，细长的叶脉很见功力，花瓣的处理浓淡

空庭

兰草图

早餐

背的高山土。今年春后翻盆，要换土了，但没有好的土壤。她退而求其次从建福宫后面挖了些土回来，没过多久根部开始腐烂。

不知在香炉边站了多久，总之后来友人也醒来，随后邓孃孃唤我俩去吃饭。早餐样数多，花生红枣稀饭、炒莲花白、炒胡萝卜丝、白水鸡蛋、大白馒头。观里养的鸡下的蛋，我敲了一个，可能是出于心理因素，觉得蛋白比平常吃的更有弹性。馒头个头大，我与友人分食一个。吃得并不多，但腹中垫了底，这才觉得整个人缓过劲儿来。吃饭时孃孃

下山的路

说，天冷了，捡起来的鸡蛋不好洗干净——母鸡刚下的蛋是暖和的，很容易裹上泥土，待冷却就不好清洗。饭后在她房里说了会儿话，我的鞋子打湿未干，她借了一双干净的运动鞋给我。

松间沙路干净无泥，青石板被雨水洗得透亮，一点儿都不打滑。我们慢慢下山，途中遇到背蔬菜上山的脚夫，还有一批赶早进山的游人。

下山的路

碧落红泉

有一天晚上，睡前才想起有个文件要拿回市里盖章，临时决定回一趟江阳。深夜不便给当家师请假，第二天醒来收拾好便开始编写短信，晓得当家师还未醒来，不敢打电话，在信息里一条条说明了必须请假的理由，等了半个小时才收到回复。灌县这边有直达江阳的车，我一般都坐早晨八点半那班，要开整整五个小时才能到西南商贸城。因市区离叙永县丹山不远，我计划去山上住一晚再走。常住山顶道观的钟师兄那天也要下山办事，我们约好了在车站碰面，再一起回山。

仍在商贸城坐车，市区到叙永县大约要一个半小时。天气出奇地好，一路山明水秀，寻常人家的白墙青瓦都显出逍遥意味。阳光洒到座位上，我微微舒展双腿，侧身望着一帧帧掠过的山林，车程越远景致越佳。叙永附近多山，途中经过不少桥和隧道，视线清晰，能望到远处山中的房子，在明艳的阳光下异常洁净。到县城时已近傍晚，走出破旧的小车站，映入眼帘的是堆积着厚厚尘土的街道，车站附近开了许多小餐馆，门口大多摆着一盆豆花，树下还有不少水果摊。山上的张师兄开车在外头等我们，匆忙上车后，他开车去商业街买金鱼。

阳光尚烈，路边随处可见商贩担着红李、桃子、荔枝、杨梅售卖，水果底下垫着大张的绿叶。妇人将栀子花一把把摆在竹篮里，匆匆一瞥我已心动不已，仿佛那香气已窜进我心口，痒痒的，好难放下，但又不好意思让张师兄为一两把花停车，只能扭着脖子多看几眼。张师兄将车停到一条巷子尽头，那条街好多花圈铺，我觉得好奇，似乎县城里卖东西的都集中在同一个地方，在车上时我还瞥见什么“卤味街”，街道两边全是卖凉菜的。后来听两位师兄说，县城里卖东西的商家都比较集中，这样也挺好，买东西不必东跑西跑，而且商家形成竞争力，大家靠真本事吃饭。

妇人将栀子花一把把摆在竹篮里

我们在一家服装店门口看到金鱼，耳边充斥着音响里扩放出来的流行乐，说话都要提高一个分贝。老板问我们是买来养还是放生，知道我们买来养后推荐了金色和黄色的品种。两位师兄拿着渔网挑选，都已选好时，有一只小黄鱼自己从水盆里蹦了出来，老板送给了我们。路上师兄们开玩笑说，这条鱼真有福气，从此是仙鱼了。宠物摊子对面就有卖栀子花的，没想到未等我先开口，钟师兄便说要过去买花，她说上次放了一把在房间，满室清香，持续了很久。我俩过马路，走到有阳光的十字路口边上，一位孃孃正在打理她的花束，花分两种，小把的两块五，大把的五块，依我看差别并不是很大，贵一点儿的那种只是花朵开得更肥润。钟师兄挑了两把小的，第一束容易选，到第二束时就不好拿主意了，反复从篮子里拣别的进行比对。饶是小把的也有好几十枝花，不少叶子被虫咬过，却因此更添一份天然意味。栀子样貌雅致气味香甜，不仅人喜欢，也尤其招虫子，白色的花瓣上常常能看到一些小黑虫。

我提花，钟师兄提金鱼，张师兄开车，途中又买了几斤桃

我们挑选的栀子花

子。车子驶出街道，过一座老桥，开进环山公路。桥下水流不深，裸露出几块大石头，有男子站在上面钓鱼，河边一排排旧楼房，以一种等着被拆迁的颓然和欣喜之姿立着。公路曲折蜿蜒，我将车窗摇下来，贪婪地望着外面的秧田和玉米秆，鼻子里吸进一种水润清新的草木气。常住山中，空气也是很好的，但那种气息有些绝尘，是混合着香火味的绿意，藏在洞天福地里。半山腰住着不少户人家，大多是三层的楼房，底层有堂屋和厨房，二楼住人，三楼晒东西，另带一个宽敞的坝子，三面围着栏杆，各色的大丽花、绣球花、月季花探出头来。看到好几家门口晒着竹笋，这才注意到丹山竹林茂密，钟师兄介绍说叙永盛产苦笋，今年山上最后一批苦笋下来时，她泡了两坛子，准备外出学习时带上。我听后忍俊不禁，果然朴实，走哪里先想到吃。落日熔金，山色愈发温柔，整个丹山形似一条龙，玉皇观就建在龙嘴里，宛若一颗宝珠，风水奇佳。丹山是丹霞地貌，山石呈赤色，夕阳西下，红得耀眼。

越往山里走越凉快，过了一

道挂有丹山森林保护区牌子的石拱门后，气温明显降低，迎面吹来的风有股子冷意。此时钟师兄提着的金鱼愈发活泼，使劲儿想往外蹦，我们笑着解释，说或许由于山路太曲折，鱼儿晕车了。张师兄还偏着头对鱼儿说：“没事，就快到了，不要闹！”然而他的安慰对金鱼不起丝毫作用，鱼儿仍旧不停地蹦跶。路旁渐渐多了许多成串的黄色小花，后来才知道那是瓜蒌，可以入药。起先我一直以为到道观还要走很长一截路，没想到车子直接能开到道观背后。下车后见地上堆满泥沙和砖头，观里已经搞了很长时间的修建。踩过泥沙地，一个清雅简朴的小院儿映入眼帘，左手边主体建筑是三清殿，殿堂左边单隔出一个小院儿，钟师兄的丹房[①]便在里面，夜里一下锁，便与外头隔开了，能安然入睡。院内有一栋两层高的水泥小楼，修得简朴，目前只有钟师兄一人

柴房

①丹房，指道人住的房间。

住，她门口放了个半自动洗衣机，多亏这洗衣机，减轻人不少负担。她丹房不宽，潮气重，临床横着一张木桌，铺着画毡，上头摆放水盂、笔墨、书籍等物。墙角安了一张小床，旁边有简易的衣柜，空间便所剩无几。丹房旁边被充作库房，堆满杂物，还放了冰箱和烘衣机，山上多雨，光靠太阳晒，衣服根本干不了。屋子外面的墙壁上钉了一面镜子，供人整理衣冠。最里面的小屋子是浴室，安有热水器，院里的坤道①都集中在那里洗澡，整个道观没有带浴室和洗手间的卧室。公共浴室和厕所又是分开的，住在小院儿里的人每次上厕所都得穿过外面的坝子，下楼梯走到公共厕所去。

丹山竹林

三清殿全景

走到坝子里后，两位师兄先带我到办公室休息。右边一栋小平房，头一间作为小卖部，为游人提供方便，挨着那间就是办公室，屋子外挂着“泸州市道教协会”的牌子。听钟师兄说，她未正式出家前在协会帮过忙，那会儿协会还在山下，是后来搬上来的。办公室旁有个书画室，供常住道长学习，室内墙壁上挂了几幅水墨山水习作。我挑了张竹椅坐着，望出去能看到三清殿前的地基，那些石头是清代留下来

① 男道士为乾道，女道士为坤道。

我们坐在客堂，鸟鸣清脆，竹影婆娑，此外不过风声、人语声、苍蝇蚊子嗡嗡声、泉水声

就地取材做的洗手池

碑文

菜地

的，泛出一种陈旧的润红色，与周围新修的水泥坝子是两种风格。院子里最引人注目的是一个洗手池，那池子是用山上的红石打磨的，小巧可爱，既实用又美观。此外殿前的三棵水杉树为整个道观添色不少，那些树种下不过十来年，已能遮阴乘凉，钟师兄说树的落叶秋天扫来正好当柴火烧。边上还有玉兰树，一年开两次花，此时绿叶如盖。正对办公室有栋独立的平房，那是新建的厨房，门口摆了两盆玉簪花，还是骨朵。我们坐在客堂，鸟鸣清脆，竹影婆娑，此外不过风

老地基

三清殿外的水杉

声、人语声、苍蝇蚊子嗡嗡声、泉水声。

两束花已养到玻璃杯里，稍坐片刻便满室清香，那香气真是惹人，我忍不住凑近猛吸几口气。我住的客房在右手边，是栋二层小楼，主体建筑用的水泥，隔板却用的木头，屋里就两张床、两把椅子、一张桌子，还有一个便携衣柜，但估计很少人用，被挤在角落里。放好东西后，钟师兄带我去林中闲逛，与我说起此山道脉历史，“文革”之前这里传承的是随山派，之后荒废了许久，二〇〇二年政府从青羊宫礼请了两位师父到这里主持庙务，龙门派法脉在这里开枝散叶，她算是开山大弟子。我一听这响当当的名号，不禁肃然起敬，俩人哈哈大笑。从斋堂底下的一条小路走出去，拐角处是一座大坟，碑也用的红石，雕工精致。坟周围有碑刻，记录了逝者的生平，但那些字风化得很严重，只能看到一些断章残句。顺着小路下去是“一线天”，两块巨石紧紧靠在一起，只容一人通过，即便是瘦弱的人也要侧点身子，否则衣袖容易被石壁上的青苔弄脏。穿过石缝，视野瞬间开阔，眼前全是南竹。地上铺满厚厚的竹叶，踩上去很松软，林中

一线天

砌了些石桌石凳。绕出竹林后，又拜了一座坟，周围许多瓜蒌花和折耳根[①]。那些折耳根比常见的高，底下的老叶子呈紫红色，上面的新叶子是绿色的，白色小花密密麻麻挤在一起。待我们散步回去，厨房已经摆好了菜，吃铁板烧。菜品丰富，有茄子、土豆、西兰花、金针菇、豆角等，

钟师兄带我去林中闲逛，说起此山道脉历史

① 折耳根，川方言，鱼腥草。

瓜蒌花

蜻蜓，我乡称之『马马叮』

还有钟师兄专门从市区一路提回来的凉菜。只是烤铁板烧要用的吸油纸没了，每放菜进去油就溅出来，大家都站着，以便随时躲闪。

饭后散步，我与钟师兄到大庙底下看晚霞，山下县城已亮起灯光。崖壁上方竹影摇曳，一轮将圆的淡月在云层中穿梭。下来时碰到道观隔壁的护林人也出来散步，经过他们宿舍时，看见门前种有蜀葵、朱顶红和栀子花。我们在一座小亭休息，那里正好能仰望山顶。这样看，很明显看出大庙是整个山脉的龙头所在，令人心生敬意。据钟师兄说，松鼠、老鼠们都不偷那殿堂的供品。我常住的道观里，深夜还偶尔听得到汽车驶过的响动，这山

红砂石做的碑，碑文许多已经风化

在山顶看晚霞

夜里雷师兄在做道袍，这间房间也是平时协会开会的地方

上却一点儿也听不见。入夜后只闻蝉鸣，鸟儿歇息了，有凉风。观里一位乾道师兄在做道袍，我们进门时他正在量尺寸，把样板放在布料上反复比对、做记号，那料子有些弹性，不好把控。听他们说，观里师兄一人值一个月班，所谓值班，就是晚上到顶上大庙①住，早晨起来念经。

夜里睡在小木楼，起先只听到鸟鸣风声，不一会儿楼上大爷鼾声如雷，把我瞌睡扫去不少。恰好逢戊，不必早起，听到楼上的脚步声后自然醒来。起身后到院中洗手池接了几捧水洗脸刷牙，钟师兄已在用半自动洗衣机洗衣服，我赶紧把换下来的衣物一起扔进去。吃了一碗绿豆稀饭，她带我上玉皇观，细雨蒙蒙，一人撑把伞。草木葳蕤，清香味沁人心脾，路上看雷劈石、斩龙台。蔷薇谢后留下干枯的花朵，白接骨木花成片生长。斩龙台观景极

① 大庙，丹山的道人们称顶上的玉皇观为大庙。

斩龙台风雨

好，青山红石，地上随处可见葛根藤和虎耳草。

在一截山路上我们闻到浓郁的栀子花香，四处张望却并不知香气从何而来，那段路还有许多高大的鹅掌楸，果实像长青椒，开花时肯定很美。顶上有晚开的单瓣白色蔷薇，落在地上我才看见，抬头觉得眼睛好蒙眬，山桃子、映山红也都有，松鼠会提前把桃子吃得七七八八，它们很会啃，啃干净后桃核直接扔地上。雨中视线不好，只看得到飞龙岭，远处山脉都是虚的。匆匆看过一些石刻，凿得很深，钟师兄专门带我去看龙穴，讲了几段掌故。顶上在搞修建，条件艰苦，小师兄在殿堂打扫卫生，钟师兄给他提了一袋小面包。站在殿堂前，面对一块照壁，上面雕刻有日月星和三官大帝神像，正中间为“碧落红泉”四个大字。此为丹山著名的景象，据说日落时分，夕阳正好映在山下一片水田中。崖边有棵并不大的银杏，据说以前有一棵上千年的，一夜被雷火劈断，当时县城许多百姓看到山顶的红光。新宗教政策落实后，原先枯死的古树又发了新芽。

下山后前往祖师殿，是个

雨中视线不好，只看得到飞龙岭，远处山脉都是虚的

玉皇殿前的照壁，上面刻有“碧落红泉”四字

小四合院儿，人坐在屋檐下便不想走了。坐在长凳上休息，雨滴答滴答下着，桌子上暖水瓶里有热水，我涮了个玻璃杯倒了半杯晾着。老山门修得颇为气派，最顶上中间雕刻有一座天官像。左边已掉下一块石头，文物局一直没来修。平时有个嬢嬢住在这里，今天戊日，她锁上门去挖竹笋了，我们坐了半小时左右她才背着背篓回来，装有小半背篓竹笋。小院子里花木可观，有桂

老神像

祖师殿看庙孃孃屋外的风景

花、山茶花、大丽花，成片的折耳根开着白色小花。几棵大银杏舒展开，树底几乎淋不到雨，往山门外看去，立有一块大功德碑，以下竹林森森，雨中雾气迷

祖师殿的山门

蒙，林子里清气逼人。

坐在檐下，忽然又真切地感受到自己身处蜀中，只因这雨和雾。很像还在故园，抬头看青瓦齐整，青中带绿，晓得那是青苔，忍不住想摸摸，有毛茸茸湿漉漉的安定感。我们起身告辞时，孃孃再三挽留，说难得来一趟，把殿堂打开让我看看。门口的香炉上落满香灰，中间雕刻的是川剧变脸图案，很有地方特色。推门入殿，只觉灯光昏暗，

坐在长凳上休息，雨滴答滴答下着，桌子上暖水瓶里有热水

祖师殿的柱础石

青瓦齐整，青中带绿，晓得那是青苔，忍不住想摸摸

一股浓烈的菜油味扑鼻而来。给祖师磕头后，我立在一个蒲团边往外看，半截山门挡在眼前，此外便是深邃明亮的绿色。“隔岸看世”，我忽然想起这样几个字。钟师兄一直想再养只猫，她之前养过一只橘猫，因长得太可爱被游客偷走了，令她叹息了好一阵子。孃孃说送她一只，我们便去厨房看猫咪。厨房地是坑坑洼洼的泥土，视线不清，地下堆着些土豆、竹笋，墙壁上挂着香肠、腊肉、干海椒，房间里简单地摆了一两张小桌子，灰尘好重，那一刻我恍惚回到儿时的舅妈家，就是类似的光景。孃孃的

殿堂内看出去

角落里挂着签文

香炉

烟雨蒙蒙的竹林

猫颜值并不高，又黑又花，但她视若珍宝。是太孤独了吧。她这样的年纪，独居山中看道观，不会是太好的身世。

雨一直未停，撑伞离开，见侧边一大片菜地，种有洋姜、玉米、海椒、芋头、四季豆等。如此随意走走，踩着满地竹叶回三清殿，途中看到“填海补天”石刻。回观后，钟师兄说阴雨绵绵正好眠，要回去休息。果真雨下了一整天，哪里也不能去，只能坐在屋内。这样不用绷紧神经过日子的时间，即便只有短暂一日，已令我足够宽慰。旁边的屋子里住着一个中年妇人，起先我见她穿俗装，以为是在观里帮忙的孃孃，但看她举手投足有修行人的风度，便问了钟师兄。才知那孃孃以前在佛教出家的，后来因种种原因，来到这里，头发也蓄起来了。

晚餐张师兄给大家做手工面条，十分美味。我去厨房时他已揉好面团，拿出一个专做面条的小机器，与雷师兄一起合作压面。我头一回见到那种工具，小小巧巧，中间有不同宽度的齿轮，面皮从左侧的口子放进去，转动手柄，另一头面条就出来了。最细那一格出来的面不好吃，大家都爱吃宽点儿的。雷师兄在等锅里的水烧开，我看厨房的布置，以为是烧气，没想到忽然从后面小屋里跑出来一个师兄，这才知道专门有个人在里头添柴加火。面条出锅后需兑点冷水，这样不会黏成一团，吃起来又滑又劲道。钟师兄亲自炒的臊子，张师兄是河北人，称臊子叫

撑伞离开祖师殿

从祖师殿回三清殿的路上

“打卤”，那臊子是用头天吃铁板烧剩下的菜切碎熬的，调料精细，浇在面里后什么佐料都不用放了。端着饭碗走到厨房门口，一口口慢慢咀嚼着面条，真是好面粉，吃得出粮食的香气。雨雾朦胧，青瓦半隐半显。

晚间师兄们围桌闲聊，因儿童节将至，大家翻起自己儿时的相片互相传阅，在座最小的师兄才十六七岁，其余几个也就三十上下，对比小时候的模样，没有一个变化不大的。一夜无梦，这山阳气，不会睡不灵醒，青城则潮湿阴冷，有雨时人格外疲惫，好难打起精神。早晨吃昨晚剩下的面条，院中风声呼啸，气温骤降。买的十点多的票，不急着赶下山，临别之前，钟师兄问我要不要再上玉皇观看看。身上单薄，看天还飘着小雨，风冷飕飕的，本不太想走动，她倒先开口了，说房间里有小坎肩给我披上，就不会着凉。加了衣裳，便跟着她和雷师兄往上走。工人们已在干活，山壁间的石头神龛已初具规模，到处堆满旧的功德碑。雨后云气腾腾，全然不似昨天傍晚的朦胧，眼前青山显露，城镇清晰可见。钟师兄指给我看，哪个方向是贵州，哪个方向是云南，哪边去往江阳。凭栏而望，手摸着凉凉的石头，一丛野蔷薇挂在山壁间，斜斜迎风摇曳。

下山到县城后，买了两袋干苦笋带回观里，给大家尝尝。买时我怕苦，后来斋堂拿来煮虫草花和冒菜，只有淡淡的苦味，很鲜美。

四月十六，上午在上清宫做会。昨天傍晚便上山了，夜里几个要好的师兄一起小酌，讲起各自出家的经历，感慨良多。这次法会有专人来录制，听说要投放到美国做宣传，大家都很重视。老一辈的师父们大多去了西雅图参加开光法事，山上留下来的会念经的人并不多，大部分还都是年轻师兄。做高功的小马师兄很紧张，我们几个主要的经师和他反复磨合。今天早晨吴师爷和二王庙的邹师父专程来主持活动，吴师爷亲自指点大家，听我们把韵一个个挨着唱，又让小马师兄一句句念说文，每个细节都认真把关。午饭后大家陪着师爷往山顶散步，到东华殿侧边的阳台上喝茶，吃了一盘提子，天上飘来太阳雨，栏杆外云山叠叠，鸟鸣深涧，仔细看能辨别出太清宫和八卦台所在的位置。我和小马师兄陪着吴师爷和邹师父一道下山，走到天师洞脚下时分路，我俩继续走到全真观，之后分路。一人抄近路从天鹤观下山，还赶上了晚课。

上清宫的月季开得好到相看无言语。

重来花下坐

报国寺的香客

四年前的春节，和家人一起到峨眉山看雪，路途遥远，只有我和弟弟走到山顶，父母和老表坐车上山。我们是忽然心血来潮，在家百无聊赖，想去不太远的地方消遣。我提议去爬峨眉山，从小就听说山上好多猴子，还会抢人食物，真有趣。父母也同意，大家便兴高采烈地说，去峨眉山看猴子啦。因从未去过，不敢贸然开车，也是我提议去汽车站坐车，到售票口后才发现，刚刚好只剩下六张票。我那会儿脑子不够用，压根儿不知道这种跨市的班车每天只有两班，最好提前预订。好在运气好，我们都买到了票。

事先根本没有查攻略，下车后，一家人在路边的小餐馆吃了顿豆花饭，随即坐公交车到景区门口。不承想下车的地方离售票口还有老远，我们走啊走，最先看到的景区是报国寺，那寺庙修得气派，门口有个大广场，进去参观要几块钱门票。买票进去，香烟缭绕，熏得眼睛疼，就都没有往前走，连弥勒佛神像都没看。父母对右手边墙壁上的“福”字很有兴趣，闭着眼睛摸了摸，彼此哈哈大笑，我瞅了瞅楼上阳台边的兰草。又沿着公路走，看见左下角有个伏虎寺，那“虎”字写得十分艺术，弟弟看后问我：“老姐，那是虎吊寺吗？”我认真看了看，也没反应过来，只能保守地说：“可能不太像。”伏虎寺也要收门票，由于先前我们花钱逛了报国寺，并不觉得有什么好看，不想再花冤枉钱。

这时遇到一个来搭讪的嬢嬢，告诉我们到山门还很远，而且今天是上不了山的，必须在山脚休息，父母摇手拒绝。那嬢嬢一直不放弃，硬跟着我们走到清音阁，母亲心肠就软了，说人家做生意不容易，一路跟着走了这么远，于是一家人就住了她的农家乐。环境真糟糕，房间潮湿，卫生不好，网络信号差，总之大家各种抱怨，也只能将就。去清音阁途中，我们还去了圣水寺，禅院不在旅游主线上，完全不似报国寺那样吵闹，站在山门外便能感觉到是个老庙。听介绍说，因阁下有一小池，池中泉水能祛病消灾，远近闻名，百姓们纷纷来打水。我倒没看见池水，和弟弟拾级而上，一直走到大雄宝

报国寺一角

殿。台阶下摆有数十盆牡丹，栏杆角落里一株红山茶挂了几朵小花。尼师们正准备上晚课，我与弟弟站在殿外，看见里面光线昏暗，宽大的僧衣晃来晃去。折回去时，才发现第一重殿外有个小阳台，上头摆着张藤椅，夕阳渐

圣水寺里的茶花

清晨上山的路

圣水寺门口的狗狗

峨眉山的猫咪

退，鸟鸣深山，我坐了一会儿，想着自己日后出家，大概会选这样的地方。

次日清晨，爸妈累了，无法爬山，坐观光车去山顶。我与弟弟慢悠悠上山，果真碰到好多胆大聪慧的猴子，抢食物时善于声东击西，一不小心就着了它们的道。上山时听说山上有雪，我们还买了钉鞋防滑，走了好久仍是艳阳天气，路上并不见雪，便以为是卖鞋的忽悠我们，加上实在负重难行，我俩做了个非常愚蠢的决定——把鞋子扔在了路边。过仙峰寺后，渐渐看到冰块，行至洗象池附近，完全是举步维艰。此时天色渐暗，路上行人稀少，前头有对父子慢慢爬着。那孩子不过七八岁，我看后觉得羡慕，这样小的年纪，能与父亲一起旅行，长大后回忆起来，会觉得很美好吧。看着他们的背影越来越远，心里多少有些害怕，这样冷的天气，又不知前面还有多少路程才能到雷洞坪，身上电筒、食物一概没有。还好遇到一个下山的背夫，以二十元一双的价格卖给我们两双钉鞋，我们才能正常赶路。那晚八点多，借着明月映雪的光，我俩走在一片矮竹林中，渐渐看到一丛灯火，知道歇脚的地方就在眼前了，心里才觉得踏实。入住的酒店宽敞干净，晚餐我俩就吃了四菜一汤，原本我想吃稀饭，店家说海拔太高煮不成。次日天未亮我们便往金顶走，也是运气好，走到一半时日出东山，云海起伏，眼看金

伏虎寺山门前，我和弟弟都认错了匾额上的字

峨眉竹林

和家人一起走过的山路

洗象池附近捡到的冰块

在山路上看到日出，转瞬即逝，天边月牙弯弯

黄的太阳从群山之间一层细细的玫瑰金云层中冉冉而升，上空星辰稀疏可见，长庚星格外明亮。这样瞧着，竟顾不得脚下的雪，山顶的雪不比半山腰，这里已凝结成冰，钉鞋都架不住，一不小心就会滑倒，我一路上也打了几个闪闪[①]。真正走到金顶，反而并没有太大惊喜，值得一提的是看到了雪山。站在栏杆边，眼前几棵青松巍然耸立，有翛然之姿。远处云海腾腾，其间露出尖尖的雪山顶，晃眼看以为不过是另一层云海，辨识了好久方能确认。

一晃已过去四年，青城与峨眉相隔不远，但再也没有合适的机缘过去。上个月底由省民宗委培训中心组织的培训活动在峨眉大佛禅院里举行，我才有机会再去一趟。会议手册上提醒上午十

日出

①打了几个闪闪，意思是身体晃动站不稳。

峨眉金顶

点半报到，我们很早起来，早饭都没来得及吃，只在厨房抓了点馒头便出发了。途中见到窗外秧苗绿意盎然，白墙青瓦在阴沉的天空下透出浓郁的潮润感，一根又一根的电线杆子牵着电线奔向远方。乡村公路在大片的水田中毫不起眼，只能露出一丝白线，田中偶尔有一两个小山包，大多种植南竹。大雨来去突然，天气变幻莫测，走到彭山附近时堵车了，还好我们的车子刚走到一个出口处，及时下高速，绕道夹江县。夹江县产瓷砖，经过县城时见到处都是卖瓷砖的店铺，月季和栀子开得极其茂盛。我们道观附近也有许多栀子，每年都开得瘦瘦弱弱，在夹江县见到好多人家院子里都种有栀子，并不矮小，高高大大的，花朵肥胖。我们算是运气好的，虽说路转一些，仍赶在午饭前抵达了大佛禅院。

一进市区艳阳高照，和出门时完全两个天地，路旁花坛里种满了各色月季。灌县的公路旁则

峨眉山的猴子

和弟弟一起走过的雪路

金顶的松树

猴子剪影

多种以玉兰、紫叶李、紫薇、木芙蓉。偶然瞥见一家花店，门口堆满无尽夏，那种泛白的绿色让我毫无抵抗力，扭着脖子望了许久，真想抱几枝走。导航定位在南门，但禅院里负责接待的法师告诉我们得走另一道门，是北门还是西门，我记不太清，总之我们绕了好大一个圈才找到入口。那年从山上下来后，坐车经过大佛禅院外，看到红墙下垂了许多迎春花，里头殿堂巍峨，就很想进去瞧瞧，却未能实现，这次食宿学习一应在里头，弥补了遗憾。

下车后太阳愈发烈，我穿的一身藏青色薄亚麻长衫，里面还套了件白色斜襟，头顶混元巾腿绑云袜，额间已开始冒汗，连忙拿出折扇扇风。工作人员把接待处设在保卫室门口，我们各人拿了房间钥匙和会议手册便赶紧回房放东西，然后在此处集合一起去餐厅用餐。除了民宗委的几位姐姐，接待我们的还有大佛禅院的几位法师，有位胖胖的法师手拿折扇，上头浓墨重彩绘了一朵胖荷花，他穿一身灰色僧袍，一样汗如雨下，笑起来像弥勒佛，态度极为热情。客房和接待处相隔不远，挨着小河边，一堵红墙与外面的马路隔开，自成一个独立小院儿。行至院门处，右侧南竹稀疏，一丛玫红色三角梅热闹地开着，两条小狗便跑来迎接我们。房间充裕，一人一间，这倒是我没想到的，之前出门开会或学习，我基本上不会有单间待遇，这次居然能一个人睡一间，着实感恩。房间在楼道靠尽头处，开门即见一间宽敞的卧室，安了两张整洁的木床，被褥柔软，床头摆着纸巾、水果、饮用水，细节周到。里头那张床边上是一架大实木柜子，可放书籍和杂物，顶上是空调出风口，我开灯后细看，右手边正面墙壁都贴着木板，显得气氛温馨。那面

云海

柜子也起了间隔作用，将里面又分出一间卧室，柜子背面设计不同，全是衣柜，衣架、浴袍一应齐全。最里头是洗手间和浴室，采光通风都不错。我选了外间临窗的那张床坐下，米色窗帘外绿草如茵，草坪外一道石子儿路颇有野趣，一棵矮芭蕉孤单单地立在红墙底下，果然清幽。

从客房到斋堂，要走一小截路。路的右手边是高高的红墙，正午的太阳照得墙头一丛三角梅艳丽非常，花瓣落在地上亦不减光华。左边除了南竹，还有不少银杏，树下密密麻麻的小银杏苗，把原本属于麦冬的位置占了大半，绿荫之下，甚是清凉。禅院为我们准备了丰盛的午餐，荤素分席而坐，斋堂做的清炒南瓜苗和竹笋汤很鲜美，青城也盛产笋，前段时间观里几乎大大有笋，但峨眉这边的笋味道有点苦，倒不浓，嚼起来有回甜，同席的法师介绍说这是苦笋。

伏虎寺门口的青李子

午休后，大家一同前往伏虎寺。车子直接开到寺院正山门边的空坝子里，一下车便感觉清凉宜人。路边有好几家卖纪念品的小商铺，有嬢嬢提着筐子卖青李子和黄橘，颜色可人，竹筐和果子放在浸润着青苔色的石板上，别有一种样貌，好似放在泉水里淘洗过一般。抬头望去，古松与楠木间只露出斑斑点点的光。为我们做向导的满霖法师精力旺盛，言语风趣，一路上嘴巴就没歇过，我真佩服。我们观里的人大多沉默寡言，出门见到这样的师父，听他说话也觉得有趣。满

每个菩萨的供桌前都摆着蓝莲花

霖师走前头，带我们上了几十级台阶，我随在人群中间，远远便瞧见门槛前立着两位师父迎接我们，正中间那位高高的穿灰白僧袍还披着灰粉围巾的女师父，便是伏虎寺的当家。旁边个头稍矮点儿的女师父，据满霖师介绍，是寺里的会计。人声嘈杂，我没有记住两位师父的法名，此后一路由当家师带领我们参观寺庙。

跨过门槛是弥勒殿，两边塑着威武不凡的四大天王，背后的护法韦陀菩萨气宇轩昂，供桌上摆着一大盆蝴蝶兰，油灯两边两瓶紫色的蓝莲花斜斜开着，后来见每张供桌上都供有蓝莲花。走过层层台阶，大家站到一个相对宽阔的空地里，面前的殿堂上挂着一块匾，上书“离垢园”。左右两边植有高大的罗汉松和楠木，屋舍俨然，砖瓦齐整，顶上竟没什么落叶。正在诧异时，当家师开始介绍寺庙的历史沿革：“伏虎寺始建于晋代，起初只是一个小庙，唐代云安禅师重建……”当家师一看就经常接待

离垢园的青瓦

客人，说起寺庙历史根本不用打顿思考。寺里从前有虎患，具体什么时候我也没听清，大概说有位禅师刻了咒语放在溪边镇守，虎患乃绝，由于我们坐车上来的，没办法看到小溪和桥。离垢园更神奇，周遭广植桢楠，但屋顶并不见堆积的落叶。“离垢”一名也由此而来，园名还是康熙御封的。我回头看了看，那些密密麻麻的瓦片真好。深一层浅一层的青苔薄薄地铺在上面，苔色又不尽为绿，夹杂了点鹅黄，仿佛若有光。二楼空间并不太疏阔，支撑房檐的木头柱子上半截被打磨出波浪形态，隔出来的空间远看像一扇扇空窗。

又上了许多台阶，行至一深阔的院子，面前殿宇巍峨，老远便能看见殿内鲜花堆积，当家师解释说浴佛节将至，这都是为了营造气氛。殿内有几十个居士婆婆穿着褐色海青念佛，边念边缓步转圈。过道左边墙壁上贴满了像牌位一样的小纸片，我凑过去瞧，有些是超度牌位，有些是长生牌位，纸片上用电脑排版印出传统的花纹，中间一行是签字笔书写的供奉者姓名。从大雄宝殿左侧的小门出去，路线便偏离了寺庙的中轴线，进到后花园。眼前景致着实令人惊喜，栏杆上放着一盆盆黄月季、白栀子，花坛

曼陀罗

依山而建的后花园

黄月季

中绣球锦簇、曼陀罗低垂，不承想后院竟如此宽敞雅致。下台阶后先看到一座工艺精湛的铜塔，因塔身铸有《华严经》全文，故名华严宝塔。塔周围有栏杆护着，防止游客用手触摸。栏杆上摆了一圈儿蓝莲花。当家师特意让我们看塔尖，那里有损坏的痕迹，是二〇〇八年地震时掉下来的，地震时有个信士在塔下磕头，正当塔晃动时，他起身避开了。此类感应事件，佛道两门中都并不少见。

再往下走，站在空地上回

华严塔

头看，才恍然看清塔是安放在一座亭子里的。我停住脚步细细看塔，大家却都走到底下的凉亭看石榴花去了。怕掉队，我提了提衣裳，疾步跟上，身旁一个游客看着旁边一棵结有青果的树木自言自语：“这是什么树啊，李子吗？”我瞥了一眼轻声道：“海棠果。”他朝我点了点头。凉亭建于坡上，底下是参天楠木，绿意无边，但最好看的是亭前那两株重瓣石榴，还有两株桫椤，也很是珍贵。石榴花自顾自开着，不稀罕游人欣赏似的，落了满地，树下恰好有张靠椅，唯有放椅子的地方没有落花。此时天气不算太晴朗，加之古树遮挡了大半阳光，但立在石榴树下竟觉晃眼睛。景色明艳醉人，大伙儿纷纷举起手机拍照留影。亭前还有一个小水池，金鱼成群结队游动，我站在池边拍手，鱼儿便闻声而来，抬头便能看到花园全景，是依山逐级所造，不落刻意。

亭子左侧有棵极高的玉兰树，叶子绿得发亮，在积香厨旧红色墙壁的映衬下格外好看。拐个弯儿，又到一方空地，左侧便是峨眉山尼众佛学院所在地。学院大门小巧低调，若不看牌匾上的字，很难想象是个学校。台阶下一个胖乎乎的尼师捻着佛珠等候我们，当家师上前介绍说那是负责佛学院教务的师父。进门后仍是花木葱翠，玫红色和绿色的绣球花煞是好看，我们先后参观了学院的教室和斋堂。教室并不宽敞，设施陈旧，但干净整洁，墙上贴着课表和值日表以及每周的活动安排，顶上两把电扇悬着，很有年代气息。斋堂里让我印象深刻的是好多桌子上都贴着小纸条，上面或写着经文咒语，或书有激励修行的警句。教室和斋堂外面立着几个宣传栏，图文皆由学员亲自创作，白纸被染成嫩绿底色，绘着一幅幅山水画卷，画上抄录有历代禅师的诗句。我极喜欢上头选的诗，挨着看了一遍，记得“白首重来一梦中，青山不改旧时容。乌啼月落桥边寺，倚枕犹闻半夜钟”“过去事已过去了，未来不必预思量。只今便道即今句，梅子熟时栀子香”，有些句子从前读过，在此处重读，又有另一番况味。

学院地方不算小，但可利用

石榴花

榴花下的凳子

尼众佛学院接待我们的法师

佛学院里的绣球花

石榴花后的玉兰树

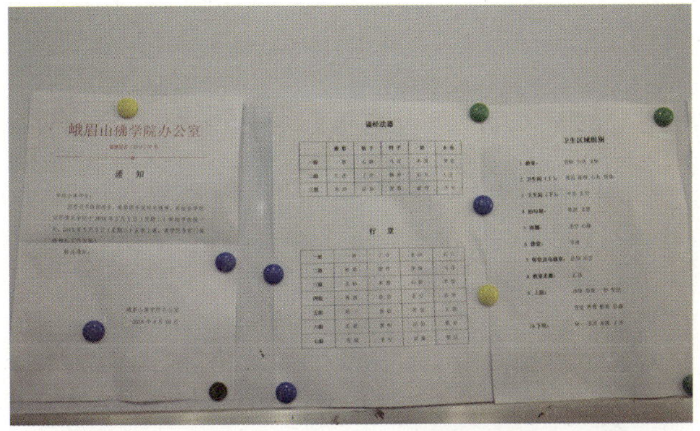

学僧的课表

学僧办的板报

学僧上课的教室

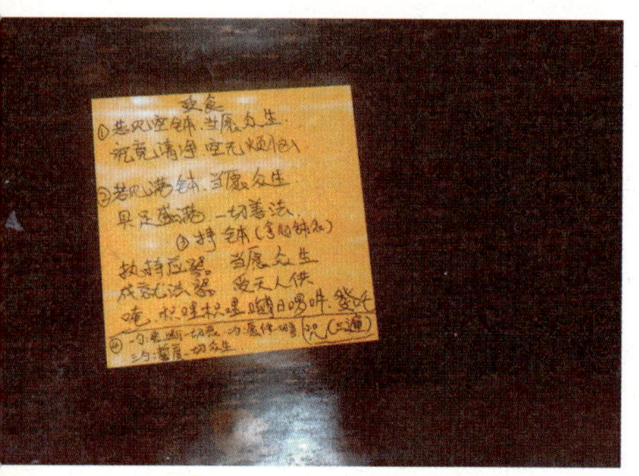
斋堂桌子上的笔记

架古筝。负责教务的尼师说，学院目前最大的问题就是修建，因这个建筑群是保护单位，不方便施工，许多项目审批上面临重重关卡，是以生活条件肯定远远比不上市区的大佛禅院。但提到教学，尼师还是很自豪，说他们现在培养的僧才出来都能福泽一方。

从佛学院出来，直直经过凉亭，横穿往下便是离垢园。我们在台阶上合影留念后，便匆匆告辞。此时坐在灯下回顾，最记得的是那灼灼石榴花，还有树下的靠椅。去伏虎寺前，我和在里面的空间不多，房屋低矮局促，每家都挂着竹帘，看着好清雅。上了台阶，看到一棵巨型仙人掌，开许多淡黄色小花。高处空地作为学员们的运动场，还摆着乒乓球台。想必因为迎接检查，学员们都回避了，寝室屋檐下摆着几

巨型仙人掌

可爱的一角

学僧种的花

念书的一位法师联系，她说因我们要去现场观摩，大家早早就在进行大扫除，可惜我去时没和她碰上面。后来和她说羡慕庭前的石榴花，她说学僧们课下饭后都喜欢到后花园休息，我能想象她们悠然信步于花下的情景。

四月廿七，连日晴天，不冷不热。傍晚来了个十七岁的小姑娘，说羡慕世外生活，要出家。客堂师兄劝不住，喊我过去帮着劝。孩子父亲陪着她一起来的，见我后连忙让我和孩子好好说说，出家到底怎么一回事。小姑娘寡言，人瘦肤白，坐在小溪边凉爽的小屋里额头上还止不住冒汗。问她今年多大，为何想出家，知道出家后要做什么吗。答曰，年十七，高二在读，不喜欢学校的教学模式。她以为出家后便不用再学物理数学，我笑说学习是躲不掉的事，在哪里都要学这些，没有基础怎么出家，况且你未满十八，观里不收的。她以为观里的人都是自幼在这里的，又说想学习传统经典。我劝了好久，说她没有基础，经文都无法读懂，还是回去好好完成学业，将来还是历些红尘，才能做决定。聊了好半天，并没有什么成效。她执意要入道，说喜欢这样的环境，还表明自己能吃苦。这时当家师也进来了，问她知道什么是苦吗。她摇摇头。最后当家师劝她父亲先在附近农家院住下，让孩子在道观里单独待几天，清静清静，顺便又问了姑娘一句："一个人住过吗？"姑娘摇摇头。我听后愣了愣，除了摇头，也不知再说什么。

第二章

君从故乡来

不堪回首卧云乡。羁宦负清狂。年来镜湖风月，鱼鸟两相忘。秦塞险，楚山苍。更斜阳。画桥流水，曾见扁舟，几度刘郎。

——贺铸《诉衷情》

朝开暮落花

1

回观那晚，飘着毛毛雨。老表和嫂嫂开车送我到车站后才折回去，嘱咐我路上小心。上车后我坐在窗边，看着外面忽明忽暗的灯火，在电话里和师父讲着此次回家的琐事。困极了，搭着围巾小睡了一会儿，不多时似乎听到到站了，赶紧起身提着东西出站。到站口发现前面没有路，大家都往右侧的小门走，我以为在搞修建，没有太注意，直到走到外面的大马路上，看见高高的商品楼，才意识到自己下错了站。好在手机还有电，给来接站的师兄说明情况，她甚是无语，让我发定位过去，确认我只是早下了一站，叫我原地不动，别又走错地方，半个小时以后，她开车出现在马路边，我们一起回山。

她也刚从老家回来，中午直接从城里开车过来。她回家参加弟弟婚礼，早半个月前就在准备礼物，还让我帮忙参考围巾和领带的颜色。她回家后，有两晚曾给我发信息，大概是感叹观里住久了回去诸多不习惯。她曾说，以前做居士时，也常往观上走，但终隔一层；下决心走这条路后，深入其中的生活，还是有许多未曾预料到的失望，最明显的感受是，曾经不那么想回去的家，在观里住久了后竟格外想念，可人真正回到家，反过来又想念道观。

我写这些时，她就在我身边。不知怎么挑起话题，彼此聊起家族往事来，她给我看她外婆的相片，真是眉目清秀气质高贵的女子。外婆是官宦人家的小女儿，从小备受宠爱，父亲疼爱她，不让她缠脚，母亲裹了，父亲就偷偷放，嫁的第一任丈夫在婚后不久客死他乡，彼时她正怀着孩子。父亲将她改嫁给一个老中医，就是后来的外公，外公之前已有两任妻子，也留下好几个孩子。外婆嫁过去时带了很多嫁妆，后来世道艰难，家人的生计多依赖外婆典当首饰。她小时候去看外婆，外婆大多数时候就靠在花架子旁抽烟，手里拿着檀香扇子，指间戴着翡翠戒指。她说外婆那时抽“阿芙蓉”，也不为治病，那会儿富贵人家就兴这个，反正家里有钱。抽烟估计也是习惯的延续，至于手上那些东西，或许是经历生活磨难后所剩不多的宝贝。她还说外婆喜欢看张学良的传记，大概也是对同时代人的追想。她下学后去外婆家，外婆总会给她一块两块零用钱。我忽然想起去年看的《山居杂忆》，估计她会喜欢，先推荐了一番，又上楼给她拿书。

回观第二天早晨，我没有起床念经，实在太困，回家几天都没有睡好。那晚睡得很沉，习惯了架子床，也习惯了香樟木的味道，什么都早已习惯。将要醒来时还做了一个梦，梦见在一个叫“柔怀堂”的地方，红墙高瓦，边上种着牵牛花，我给不知道姓名的人诵经。醒来时八点钟，恰好隔壁师父来敲门，说是要清点库房。接下来一整天都在点东西，中午也没休息，一直工作到晚饭前。当晚睡得更沉，翌日却五点半就翻身起来了，下楼念经。几天没念经，总觉得缺点什么，再次拿起木鱼时，听见嘟嘟嘟嘟的声音，脆脆的，一记一记，想起幼时在乡下听见大人打豆子的声音，很踏实。念至提纲，有一句“但凭慧剑威神力，跳出轮回五苦门”，虽是唱过念过许多遍的句子，但每一次都有不同的感受。

早课后，师父们原本计划进城，要给平日常往来的老师们拜年。我想人家大多数要回家过年，提议先打电话问问，果然一个都不在，就改道陪同行的师兄去处理她的车辆违章记录。还陪师父们逛商场买年货，看半天也没什么好买的，任师父买了几盒巧克力，我们都觉得白色费列罗味道最好。她在鞋店看中一双兔毛鞋子，款式素净，平日穿着无妨，都要准备买了，才发现鞋子味道很难闻。店员见这状况，脸色忽然一变，淡淡地丢出一句，旁边还有买一送一的。我估计她以为我们嫌贵，毕竟我们穿的道装很“寒碜”，看起来和实际上都不是常出门买贵东西的人。人家没什么耐心，我们也就没再多留。

今日没什么要事，守殿堂的师父说要回去收拾房间，让我帮忙值殿。想起回家的种种片段，还是有些许值得记录之处，就起心写点什么。年底香客稀少，本该很安静，然而近来山门口修建照壁，电钻声音一直呜呜呜响着，很是吵闹。我几乎要放弃，忽然忆起那日在外公楼顶，听到四周不断的炮仗声，心里还是觉得寂寥，可见心不随境而移，也不是虚言，才又打起精神。

道观的烛火

山居，百合花开时

此次回家主要是为参加外公的九十大寿，也算全家提前团年。早几日，儿女们就陆续回家，筹备寿宴。大舅去年才走，外公还在世的子女有二姨妈、三姨妈、四舅、七姨妈、幺姨妈、幺舅以及我母亲。这次寿宴主要由几个子女操办，除摆桌席，还请了歌舞团助兴。这是近年来乡下的时髦之举，谁家有喜事，为显更体面和热闹，往往从城里请一个歌舞团。这次请的团队有二十人左右，花费一万多元，钱由各姊妹分摊。舞台中间挂有电子屏，滚动显示着请主的名字。我看了看，有安素、安莲、安芳、安群等，几个姨妈的名字我不能和人对上号，小时候只是姨妈长姨妈短地叫，从未问过她们名字。后面还有几个姨伯的名字，也有父亲的。主持人好几次念到这些名字，估计是让出钱的人听到后心情更美些。

傍晚还没开席时，我一个人跑到楼顶静静地站了好一会儿。难得碰到好天气，空地上晒着一排衣服，主要是女人和孩子的，估摸着嫂嫂才洗不久。屋门

故乡的梯田

江水，忘了哪一年从桥上过时拍到的，渡船现在还在用，一直没有坐过

口那些年生久远的竹子，现在还在，看不出时光流逝的痕迹。远处也不过是山林和水田，一切都沐浴在夕阳中，格外柔和。对面人家的白瓷砖看起来格外亮，一直没见人在阳台或院子里活动，但晾衣竿上还挂着花铺盖，可见有人在家住。不多时就开席了，做寿的规矩，前晚上主食肯定是寿面。完整的一份寿面由白水面和羹汤组成，羹里有肉食，我食素，就只吃了两碗素面。母亲坐在我旁边，脸上不见太喜悦的表情，却也没有像以前一样往我碗里夹菜，尊重我现在的饮食习惯。我很快吃完面条，走到屋外拐角处休息。此时弟弟也跟出来，他好静，同样不喜欢太热闹。顺着田坎走下去，只走了一道田坎的路程，站在低一点儿的地方看还在吃饭的人，每个人三言两语地说着，汇聚起来就很吵闹。

我们身后以前有一户人家常住，房子仅一层楼，家里有个姑娘，头发多且密，梳着长辫子。不知道什么时候开始，就没见到住在这里的人了，只有地里的李子树，年年还结着好吃的果子。再后来，果树也被砍光，种过生姜，正因此故，我才第一次见到长在地里的姜。如今，姜也没有再种，换成一丛洋紫荆树，地里有些落英，想来不久前开过一番花。左侧是推出去的水田，田埂上立着一株落完叶子的李子树。我和弟弟说，小时候是两棵。视线往右移，就看到以前的“大田”，之前都这样叫，意思是外公的田里最大的一块，每年收稻

外公家最大的一块田，现在改成了鱼塘

夏季回家拍的芭蕉叶

谷时要花很长时间，田坎也长，但儿时可以呼啦一下跑过去。大概是前年的事，幺舅说要喂鱼，政府很鼓励乡民做鱼塘，有一定的补贴。现下鱼塘挖出来了，水浅浅的，看着又不像是养着鱼的样子。沿路回去，身子右侧还有一棵橘子树，挂满青橘，不明白是什么品种，这时候还没成熟。

戏台子已搭好，主持人在台上说着一连串的吉祥话，音响真要把人的心脏震出来。这会儿正值学生假期，坝子里人多，孩子最能活跃气氛，主持人说话时冷场的可能性较小。堂屋腾出来给演员们化妆，厨房里生了火炉，衣着单薄的演员们围着火炉烤火。我在水缸打水时，看见一个留长发的中年男子在化妆，低瓦数的灯下，他眼角的皱纹分外明显。小板凳上摊着化妆包，不大的一个包里应有尽有，腮红、眼影、粉饼、打底霜、唇彩、眉夹等。那男子化妆十分专心。他是当晚演出的重要演员，唱了《新女驸马》《女儿情》《千千阕歌》等曲目，声音很好。管控后台的是个年轻男子，应该就三十上下。我与他闲聊，得知他们一行人大多数都来自四川各地，凑在一起组成这个班子，平日承接大中小演出，经常往乡下跑，这次来还好，东西可以直接运到主人家门口，有时候去的地方不通公路，器材和设备都要人工运输，遇到海拔很高的地方，演出时演员们都冷得发抖。

当晚没下雨，但露天演出，演员们穿得单薄，我和弟弟看着觉得很辛酸，感慨挣钱真不容易。节目主要面向农村的老人小孩，中间时不时要穿插几句荤段子活跃现场，但又要适可而止，还真不好把握尺度。又唱又跳，黄梅戏、越剧、摇滚歌、粤语歌、小品相声、杂技应有尽有，还有现场与蛇共舞、二楼高的倒空翻，等等，吓得我以为央视节目都搬过来了。那男子透露，至少未来五年左右，这种形式在乡村会很受欢迎，有一定的利润空间，苦是苦，可有什么办法。他也登台表演了一个节目，把一个像塑料套子的东西放在嘴边，用鼻子吹气，手和脸都通红，很费劲儿，套子慢慢膨胀能把头塞住，吹出一个小猪的样子。我很难像大家一样看得喜笑颜开，心里一阵酸楚。

歌舞团里还有孩子同行，想来那些演员外出表演，孩子没人看管，只能随行。有一对双胞胎小男孩，穿着一样颜色的羽绒服，长得水灵灵的，站在门背后看演出。还有两个小姑娘，一直在楼上看电视，第二天歌舞团收拾东西离开时我才知道是他们的孩子，起先一直以为是亲友的娃娃。主持人在台上说祝寿词时，我就记住了一句，是说给在场小朋友听的，“愿你们将来个个都是‘小皇帝’，不要像我们跑江湖的漂泊无定”。

除歌舞表演外，也穿插了一些互动。其中有一个是让小孩子们比赛，谁最先把五个气球吹胀并坐爆谁赢。有孩子，气氛就更活跃，大家伙儿都想看好戏，边看边评论谁家孩子聪明谁家孩子反应快。主持人说一定要坐爆才算数，我看孩子们都很遵守游戏规则，有个小孩每次吹气球最快，可坐下去没掌握要领，气球怎么也不爆炸，一旁的大人窃窃私语说这孩子脑子不会转动，可以坐下去的同时用手掐爆啊。听到这话，我好无语。那时我在二楼，陪着七姨妈和表嫂边看边笑，阳台上有点儿挤，一根晾衣竿挡着，还有几盆早就不开花的绿植。看久后眼睛酸涩，我抬头眯了眯，见一轮明月稳稳当当地挂在屋檐上。什么都很圆满，连天公也作美。

祖屋所在地

大老表家的院子

弟弟看了不久就想回去睡觉，问我要不要一起走，我觉得天太冷，即便有月光映着，还是不如夏夜那样清爽，愿意等着和母亲他们一起坐车回去。实则我在想，难得回家，还是把演出看完，和母亲一起回去，她或许会更开心那么一点点。月到中天，歌舞也快收尾，烟花噼里啪啦燃起来，照得夜明如昼。我跑到楼顶上，觉得火星子离自己好近，特别晃眼睛，想起多年前在同一个地方看过彩虹，也是触手可及的样子。烟花放完，戏就终场，大人们都忙着招呼自己的小孩，牵回家去睡觉。演员们还没卸妆，裹了厚厚的羽绒服，帮着一起拆台子。母亲很不解，说既然明天要用，今晚也不会下雨，何必多此一举。做事的人没说什么，只是埋头忙着。旁边有个亲戚插了句嘴，说大概是怕露水潮气影响设备。

母亲把车开到雪清嫂嫂家门口，那里连着外面的马路。一同回家的还有勤表姐和七姨妈，她们各自带着一个孩子，七八岁那个小男孩，是表姐的孩子，另一个女娃娃是她哥哥的孩子，现下姨妈带着。我站在车边等她们，特意看了看院子里的红茶花，那树又高了一截，今年花骨朵仍旧很多，但一朵都没开。有些遗憾，似乎每次回来都碰不到花期。

水田，以前边上有一口水井，现在已经荒废

乡间小路，那时候右边有好几棵泡桐树，如今也不在了，好在大家修起了新房子

我们家在镇上中学附近新修的一个小区里，开车二十分钟左右就到了。父亲还在和亲友喝酒打牌，估计今晚不会回。家里三个房间，我们一堆人挤着睡，表姐的孩子跟弟弟睡，七姨妈带着孙女和母亲睡一屋，我和表姐睡。孩子们收拾起来要慢一些，我先去洗漱好，裹着棉衣在藤椅上翻书，随手拿了两本，《佛遗教经》和《不许流光入梦来》，都是以前读过的书。现在还记得故事里的松隐和青惠，一度分不清楚她们和《岁时记》里的女子，总觉得枕书笔下的女子有很

书房外的老楼

家门外，可以看见粉红色的木芙蓉，池塘水浅浅的

多相似之处，有自我的灵魂，有学识才华，同时深陷在世情之中，左右徘徊，有固执，也有柔弱。我并没有太深刻的感受，因自身实在是个太硬气的人，但喜欢书里那些女子，喜欢她们的故事。翻到一页，以前勾画过，我读书时会有这样的习惯，遇到有触动的地方划线标识，并不一定要写点儿什么，日后偶然翻到，往往还是能回忆起当时的情绪。松隐和青惠在散步，是这样的场景：“她走在我前面，周身裹着淡金的薄光，虽然隔着这些岁月，她一如我记忆中的少年。我想也许多年以后她仍会是少年。所有的哀愁与喜乐俱无因果，只是漫漫天真。”几年前读到这里时，应该是在图书馆，所生起的不过是不知离别苦楚的纯粹美好体验。

坐在灯下，表姐在阳台上收拾孩子的衣服，偶尔进房来拿点东西。她忽然说了句：“我们好像很多年没一起睡觉了。”我愣了愣，想了好一会儿，肯定地说：“至少有十三年。”再回头时她又去了阳台，等着还有十几分钟才洗好的衣服，晾起来后还要洗一缸娃娃的衣裳。她嫁人后迅速长胖，这几年愈发圆润起来，家里生意也做得不错，越长越福气，今年还配了眼镜，看起来斯文许多，就是双下巴很明显，不过她底子好，皮肤又白又嫩，仍是美人。可我还是会想念少年时的她，腰身纤细，笑声张扬，戴大圈圈耳环，总做些大人觉得离经叛道的事。是的，我会想念那个她，我想她就是松隐说的少年，只是她并不需要什么俱无因果的结局，更不期盼漫漫天真。寻常女子的人生，走到这一步，已经很圆满。她儿时性格刚烈，不服大人管教，对于自己的感情很有主见，不像我总是长不大，青春期后就停止生长，似乎刻意拒绝成长，害怕成熟女子的世界。母亲从前并不喜欢她，大人是种奇怪的生物，喜欢孩子什么时候做什么事，什么年纪扮演什么角色，比如做学生就要认真学习，穿衣服素净简单，斯文安分，不早恋不打架，放学后乖乖回家写作业，帮大人择点菜。可孩子一旦不再念书，无论是初中毕业还是大学毕业，就必须得处对象成家立业了，否则就是不务正业。表姐早早辍学在外打工，吃过很多苦，有一年我去她宿舍，很窄的小房间里，一家人挤着住，她只有一张小床，挂着半新不旧的蚊帐。她和现在这个丈

去岁过年，一家人上坟，妈妈和堂外甥女走在前面，我拍到小姑娘的头发，后来想到“漫漫天真”四个字，总会记起此情此景

夫，起初大家也不太看好，没想到俩人真把日子过下来了，还在中山做生意，越做越好。女性之间相处，似乎有一种不必挑明的阵营，姑娘和姑娘一起，媳妇和媳妇一起，表姐婚后，母亲对她的态度明显好转，常夸勤勤那个女子现在真懂事。像我这样的，自然是不懂事，小时候我是三好学生乖乖女，是同龄人的榜样，而今在大人眼里，却是大逆不道，被猪油蒙了心。看着表姐，我忽然想，这就是母亲对我的期盼吗，如果我听话，按照她对我的人生规划一步步走下去，是不是会有更圆满的人生？她对自己的女儿有莫大的信心，以为自己可以安排好我的人生路，我只要安心接受就好。她曾问我，结婚总没有考试难吧？我真不知如何回答，我甚至不清楚那是一张怎样的试卷。似乎可以把婚姻比作一场考试，只是这场考试更像一考定终生，没有摸底考来检验我们是否接近合格的标准。

我想过，我俩或许可以像

躺在椅子上看书，这把椅子还是从老房子那边搬过来的

小时候一样睡前闲聊些什么，可她洗衣服半天都没好。我实在困极了，就先睡下。床很久没睡过人，摸起来冷冷的，母亲爱用蚕丝被，手感冰冰凉，床垫又没铺电热毯，想提前热一会儿都不行，只能咬着牙钻进被窝。一夜无梦，清晨她早起，我被孩子们的声音吵醒，对面学校似乎在施工。“是故当知，世皆无常，会必有离，勿怀忧也。”躺在床上时，忆起睡前读过的经文，原来别离，不只是在流逝的岁月中与某个人挥挥手，睡一张床上的人、喝过的水、赏过的花、吟过的诗，都将逝去。那一刻我错以为，自己已经不那么畏惧别离。

母亲隔着墙问了我一声，是随他们一同出发，还是一会儿和弟弟走过去。我想走走路，就说让他们先走。把弟弟叫醒后，俩人一起到菜市场附近的早餐店吃东西，我要了一碗绿豆稀饭、一个馒头、一个咸蛋。镇上吃稀饭都会赠送一碟泡菜，基本上每家都会腌制大头菜，切成丝拌点辣椒和香油。那天吃到的却是凉拌萝卜丝，很爽口。馒头超大，一人吃不完，我分了半个给弟弟，他还吃了一碗稀饭和半笼猪儿粑。

吃完我们不紧不慢地走去外公家，路过保命山的村庙时，我说想进去看看。还是从前的样子，门口有许多鞭炮渣子，应该是十五村里人来烧过香。土地公土地婆是新塑的，色彩艳丽，油灯里的火不大不小，刚刚好。这次有意识地记了庙柱上的对联，“天下名山僧占多真修定生仙

和弟弟一起吃早餐

气，世间好语佛说尽朝拜必有善思”。站在门口，隔着窗缝看了看里面的神像，佛、道都有，左侧供奉文昌帝君，只有这尊神前面立了神牌，其余弥勒、观音等都比较好认，还供奉有龙王。殿堂前一张白纸，上面书有“龙王盛会”四个字，估计之前举行过龙王会。还没来得及叩拜，弟弟就接到母亲的电话，说那头正在拍照，让我们赶紧赶过去。就此匆匆离去，路上经过一个亲戚家，门口种了一株矮矮的梅花，开得热闹，前年我回乡时，也见开得这样好。我想，若十年后他们还住在这里，梅花会长高一点儿吧，路过时，总会看见。

到外公家时，各家已经拍过照，母亲说我们只能在全家福后补拍。姨妈、舅舅、老表、表嫂、表侄女，一堆人站满了台子，后排的都搬板凳踮起来，外公坐在正中间，手扶着藤椅。调整好半天，照相的人喊大家叫了好多声“去子”，底下的小朋友笑话那人奇怪的“茄子”发音，一直试图给她纠正。全家福拍完后，母亲让我赶紧带着弟弟和外公合影。我们合影后，她和父亲，然后是我和她，父亲又和弟弟，总之个个都要拍到位。别家也如此，挨着和外公合影，也有姊妹之间，妯娌之间，小辈之间，拍了好多。

拍完相片还发生了一件尴尬又有趣的事，大家拍到自己满意的相片后，都松了口气，互相拉扯着说赶紧下去找座位吃饭，谁也没想起把外公扶下去，外公也不言语，一个人坐在台子的正中间，被晾了几十秒。我先反应过来，吼了一声：“赶紧把外公请下去啊。”大伙儿才恍然大悟，不知是谁说了一句：“就让四爷坐在台子上看大家吃饭也很好嘛。”四爷是母亲他们一辈对外公的称呼，外公在兄弟之间排行老四。我觉得这称呼很有趣，照这说法，父亲老了后我们可以叫他七爷。

饭后我和弟弟匆匆回家，我惦记着要买几斤花椒带回观里，观里每次有人回家都习惯带点什么土特产，我家又没种地，没什么好东西拿得出手，想起镇上有家青花椒不错，母亲每次都托人带到西樵。花椒好携带，餐餐都要用到，带点这种实在的东西回去，也算一点点心意。弟弟陪我去菜市场时，看见口子上有家杂货店，但我不确定是不是那家，特意打电话问了母亲，她听后说家里冰箱里有现成的三斤，我提回去就行了。

待我们回家，正准备休息时，表嫂打电话来，说立刻就要开车回城里，让我赶紧收拾东西。当时我正和弟弟说着，让他和我们一同去城里转转，他路过成都好几次，都没仔细走走。他满口答应，立马给母亲打电话，母亲点了头。我原先都以为至少会吃完晚饭再走，没想到这样匆忙，其实也没什么行李好收拾，只是心里有些愧疚。老表开车在小区门口等我们，弟弟手里还有家里的房卡和钥匙没交给母亲，老表就开车又往外公家跑了一趟。车子停在马路上，弟弟赶紧下车从小路跑过去。本来拿个钥匙，他去就好，我忽然想，这一别再见面可能又是大半年，也就立马下车追上弟弟的脚步。母亲和大舅妈站在拐角处的竹林边，看请来的人收拾碗筷，舅妈身上还围着青布围裙。我喊了一句：“妈，舅妈，我走了。”

舅妈情绪激动，嘱咐我有空回去玩儿。那一刻我想起头天晚上在楼上看演出，其间老表他们也上楼来晃了一趟，舅妈还是像从前一样，惊呼我怎么长这么高了，照旧让我和二老表背靠背比了比。这样的事，是次次家庭聚会都会发生的，二老表已四十出头，我也早已长大，她还当我们是孩子，说多吃点饭就能长高。但每次我和老表表姐们都会顺着她的心意，认真地比一比，比完互相埋怨对方是因为鞋子啊发型啊之类的缘故才增高了几厘米。或许，是实在找不到什么话题吧。我想，是这样的。嘴里答应着她，有空回去看看，心里却揣着明白。即使我对某些情感心怀愧疚，却必须面对薄情和无力补偿的事实。

母亲和她不一样，脸上没有太多表情，侧着身子，看着远处田野，淡淡地“嗯”了一声，表示知道了。我晓得她不舍得，却说不出什么宽慰的话来。难道我能说：“没事的妈，一个月后我又回家了。”又或者说：“你别担心，我会仔细考虑自己的终身大事。”还是说：“三五年内准让你抱上孙子。”这些寻常的承诺，我都无法给她。我内心真正想说的是：“妈，无论对与错，我千山万水独自走去也不畏惧。”但我觉得很踏实的话，她听到怕只会更伤心。

2

回城后不算太晚，可买菜做饭就略显麻烦，表嫂提议大家就近解决，在小区下面吃串串。那家店生意特别好，座无虚席，店里早坐满了人，外头搭着塑料棚子，桌子使劲挤在一起，人走出去拿菜都要侧着身子。我十岁上下时，老表刚到市里找到新工作，帮人家装空调。就是那会儿我才晓得有“美的”这个品牌。表嫂给人做清洁补贴家用，他们夫妻俩住在一个窗帘门市里。门市隔成两间屋，前头作铺面，后头开火煮饭，搭张小床，就是一个家。有一回他们带我到城里玩儿，夜里在大排档吃串串，那还是我头一回吃，看着锅里红红火火的辣椒，内心激动万分。他们又让我不要客气多吃点，吃完老板过来数签签。味觉上的记忆早已寡淡，但吃串串的兴奋劲儿一直留在我心里，毕竟小时候很少吃到好东西。

吃过饭，我陪表嫂在小区超市买点蔬菜。原本计划第二天直接回山上，弟弟却挽着我说：“姐，我们一起出去走走吧。”我心下一软，知道他心里是怎么想的。我出家后很少回家，他现在又在广东念书，说了好久让我去他学校看看，我都没去成，这次难得一起到成都，是应该出去玩一玩。我每次到成都，也都是公事，著名景点都没去过，要是回到山上，再请假恐怕不容易，就立刻答应下来，原本还想带着梦铃一起，可撞上她拿通知书的日子，就只能我俩去。晚间查了查景点，和弟弟商量，都觉得去安静点的地方看看花木和人文古迹较好，就定了昭觉寺、杜甫草堂、浣花溪公园。

翌日早晨，八点左右起床，表嫂已经在准备早餐。头天晚上买菜时，她便问我吃汤圆好还是稀饭好，我在宫观时天天早餐都是稀饭，早就习惯了，就顺口应了稀饭。果然早晨她熬了黏糊糊的稀饭，炒白菜，还煮有几个咸鸭蛋。我见表嫂忙进忙出，想起十年前我们一起生活的场景，那时候她不是手脚这么麻利的人，可现在看她无论买菜煮饭还是监督孩子做作业，里里外外都雷厉风行，和以前判若两人，可见做母亲真的不容易，什么都要会。

吃饭时梦铃已经穿上校服，胸前戴着红领巾。她读初一，学生头，方框眼镜，亲戚都说和我读书的时候模样很像。头一年我见她，肤色有些暗黄，今年长白净了，出落得愈发标致，人也开朗大方，小辈里她和我最亲，交流也没有什么隔阂。她会问我喜欢什么明星，我尽量说一些年轻点儿的。她听后直点头，说知己啊知己。她还说赵丽颖哭戏水汪汪的，眼睛会说话。饭后老表送梦铃去学校，表嫂收拾好碗筷后带我和弟弟先去她公司打了一趟。我们喝了几口水，见她忙着做账，就说不用管我们，我们可以自己出去随便走走。她原本起心下午陪我们一起玩儿，弟弟不愿意麻烦她，忙说不用不用。现在打车方便，定位准确，我们先去昭觉寺。许多地方在心里向往时总是更美好些，昭觉寺于我而言就是这样。

寺庙门前有个天桥，来往车辆繁多，往里走一条街都是商铺，卖佛事用品，还有许多算命看相的摊摊。庙里每个殿堂都有居士看守，大多数是阿姨或者老奶奶，身上围着红布围裙，门口有专人负责发放免费清香。地方开阔，好几处在搞修建，卫生条件不太好，路上碰见许多居士，和尚没遇见几个。那儿有个专门的阅览室供大家阅读，书不外借，只能在里面看，外面的屋檐下堆了许多结缘的书，可以随意请走。我看了看，《心经》《金刚经》和《妙法莲华经》印得比较多，册子精美。翻阅经书时，有个年轻的僧人急急忙忙过来挑选经书，就站在我身后。我估计他是在待客，出来挑选几本书做赠礼。不好让弟弟久等，我们就继续往前走。好几个殿堂都没进去，在大雄宝殿前看到一棵巨大的榕树，树下放着好多香，不知道是善信供养的还是庙上免费提供给香客的。

往殿堂里走，可能由于太多人朝拜，地面脏兮兮的，我不太喜欢，很快就出来了，带着弟弟从右侧小门离开。殿堂右侧墙壁，是我很喜欢的一个景观，墙上刻满经文，有《佛遗教经》《四十二章经》《八大人觉经》《憨山大师醒世歌》《心经》

窗

夕阳

寺里的树

等，都是佛家代表性的经典，长一点儿的经文刻字就小一些，看不太清楚，只能凭记忆隐约识别出是哪句，像憨山大师的诗不太长，站在墙下能清晰辨别。一眼看到“红尘白浪两茫茫”。心想与这歌真有缘分，多年前在故乡的寺庙，也曾独自在走廊上看到过全文，不过当时一眼看到的是末尾两句：“顷刻一声锣鼓歇，不知何处是家乡。”墙角花坛里种满一排蜡梅，花早已香过，此时味道极淡，花瓣也没有亮晶晶的色彩，看起来灰扑扑的。看过经文，我们又往前走，走到一个梁上挂着“应世人间”牌匾的殿堂时，我停下脚步，整个寺庙里让人觉得最舒服的地方就是那里。走进去后才知道里面供奉观音菩萨、文殊菩萨、普贤菩萨，院子不大，左侧是个书画室，里面有人在写字，地上晾着许多“福”字和“佛”字，笔力硬朗。

两边墙壁上都写有字，我喜欢其中一幅，说的是观音。正文两边是一副对联，云：“静者心多妙，飘然思不群。”正文长一点儿：“妙音观世音，梵音海潮音。胜彼世间音，是故须常念。念念勿生疑，观世音净圣。于苦

洒着阳光的屋顶

恼死厄，能为作依怙。”字非绝佳，我却觉得此处很好。稍作停留，我们往外走，就到尽头了。看起来不常用的两间房门口，摆着许多花盆，有株仙人掌比人还高。还看到几盆白菊花，可惜已经开过。令人惊喜的是遇见两只猫咪，一白一花，白的不怕生人，一直喵喵喵叫着，花的看起来气势威武，见人就跑。我逗了好一会儿“喵星人”，弟弟表示很鄙视，向我展示他理解的“喵星人”内心戏：“看这愚蠢的人类啊。”

出昭觉寺，直接去杜甫草堂。在北门周围随意吃了点东西，就买票进园。老天爷赏脸，这会儿出了太阳。进门见四处都摆着梅花，门口有个亭子，也在搞修建，估摸着要过年了，各个景区都要做一番修饰。右边小路上摆放着许多油纸伞，我先闻着味道才寻过去的，是真正的桐油伞。草堂地方宽大，我们没规划具体路线，当散步一样四处走着看着，倒也还是把该去的景点都走了。万佛楼里面可能在打磨石头或是刻碑，电钻的声音很刺耳。那一带大兴土木，围起好大一片地方，尘土飞扬。

比较喜欢杜甫诗文集版本陈列馆，以及刻着历代书法名家作品的走廊。陈列馆在祠堂边上，祠堂里供奉有杜甫、黄庭坚、陆游，讲解员在给游客讲述着：“为什么杜甫祠堂里供着黄庭坚呢，黄庭坚是宋代的人，他推崇杜甫的诗，开创了江西诗派……”长廊里有一幅叶剑英的作品，写的正是杜诗名作《前出塞》中的两首，“挽弓当挽强，

蜡梅

用箭当用长。射人先射马，擒贼先擒王。杀人亦有限，列国自有疆。苟能制侵陵，岂在多杀伤”以及“单于寇我垒，百里风尘昏。雄剑四五动，彼军为我奔。虏其名王归，系颈授辕门。潜身备行列，一胜何足论”。弟弟当时还问我为什么喜欢这几句诗，我说主要是喜欢“岂在多杀伤”一句中饱含的悲悯心，止戈为武，兵者不祥之器，不得已而用之。“潜身备行列”一句有功成身退的觉知，不显不露，来去干净利索。

湖上书店也不错，我在里面买了一个小笔记本，带回去给梦铃做礼物。正门方向也有个书店，书籍品质很好，有叶嘉莹、陈寅恪等人的作品，画册精良，当然也很贵。一般的纪念品价格倒并不高，我挑了一套印有成都著名景点彩绘作品的明信片，每幅作品下还画有花卉，包装纸外赠送花种。买下后给了弟弟，让他寄给同学，他也很喜欢。书店门口种着两棵蜡梅，比别处晚开一些，尚有浓烈的香气，树并不高大，人只要凑过身子去就能触碰到花枝。我推了推弟弟的手，示意他仔细闻一闻花香。那个院落较为开阔，阳光照着花瓣亮闪闪的，周围的人也都没有大声说话，我与弟弟在树下看花，就像往常期盼过的，一模一样。

出门后误打误撞，走进了浣花溪公园。我对浣花溪有一份情结，在书上多次看到这个名字，有好印象，尤其喜欢陆放翁的句子：“二十里中香不断，青羊宫到浣花溪。”进院子后，果然见四处都是梅花，还有一种花苞是淡绿色的，十分清雅，好些老人家架着相机拍摄，保安招呼他们不要踩到草坪上去。就这样在园里走走看看，我也对他提起这两句诗，刚好应了眼前景。念完诗后，弟弟表示陆游写诗还真是大白话，很好。那并非我读书时想象的浣花溪，园里人多，空地上有许多供孩子和老人游玩锻炼的公共设施，湖边坐满了喝茶的人，路上跑步的、滑滑板的都有，就是个普通公园，只是比别处多些梅树。

在蓉城，还承蒙好友星星热情接待。她带我去天府广场的博物馆看敦煌展，我们运气很好，碰到飞天舞表演，都喜欢高一点儿的那个姑娘，赞叹人家气质好。当天一楼很多人来看展，我先去二楼看汉代陶俑，特别喜欢

博物馆里搞文化宣传活动，跳敦煌飞天舞的女子向观众谢幕

捧花的少女，盘子里是母亲喜爱的白山茶

衣裳与花朵

可爱的表情

博山炉

其中一个吹笛俑，还有手里提着不知是鸭子还是鹅的女子，她头上戴着花。那些陶俑生气勃勃，大多数嘴角带有笑容，很和气。那么现世的题材，弹琴啊吹笛子啊做饭啊。对生活缺乏希望的人应该多看看他们，多少会生起一些好好活下去的念头。

她还陪我去文殊院，我在祖堂墙角看见一本湿透的《药师本愿经》，大概是谁不小心弄湿了，晾在那里。那日阳光极好，祖堂游客较少，院子里有个乒乓球台，男孩女孩在打球，没打几个回合就离开了。星星在免费接水处装开水，我坐在石阶上休息，晒着太阳，慢慢翻看那本没晒干的经书，看到一句回向①：“愿灭三障诸烦恼”，这句经文在广成韵②《二郎神》③里也有。

她又带我在寺庙门口吃凉粉，路上我们看见用脚趾头写字的人，很佩服靠自己本事化缘的人，比起那些四肢健全却伸手要钱的蛀虫，这些人才真值得大家

① 回向，将自己所修之功德回转归向于众生，常出现在佛教和道教的经文末尾处。

② 一种道教经韵，主要流行于四川一带。

③《二郎神》全词：“愿灭三障诸烦恼，愿得智慧心明了。普愿灾障悉消除，世世常行无上道。四恩三宥均利益，十洲三岛任逍遥。回向四府众龙神，礼谢道经师三宝。”

文殊院门口

庙里的乒乓球台

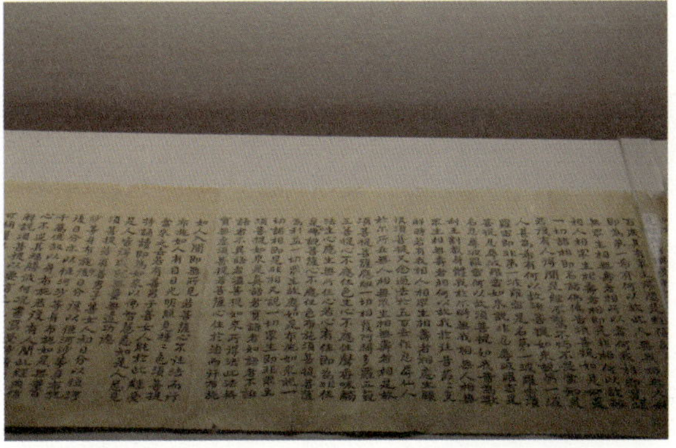

写本《金刚经》

角落里晾晒的经书

从文殊院到娘娘庙的路上

进娘娘庙经过的茶馆

帮助。俩人捐了点心意，继续闲逛。文殊院旁边是娘娘庙，可能很少人知道那里，一个道教庙子，建在菜市场后面。从小巷子进去时，看见的都是喝茶打牌的人，难以想象里面是个道观，但那个道观历史悠久，是为纪念刘备夫人而建的。我山有个孙真人墓，据说就是她当年拼死守住娘娘庙的。庙子不大，与一墙之隔的文殊院比，风格迥异。我和星星都很喜欢那里，感觉有清静的气息。

去时常住道长正在做晚课，唱到《下水船》开头：“救苦天尊妙难求，身披霞衣累劫修。”星星在那里碰到熟人，是同一个所里的师姐。师姐给我们倒茶水，大家简单聊了几句。我们坐在小屋里，看着右侧的神龛，上面供着两瓶黄菊花，供果摆放得很齐整，香细细地燃着。此外还有川大校园门口的酸菜豆花，湖边的梅花，夜晚她折给我的佛手柑叶和薄荷叶，都令我难

娘娘庙的道长们在做晚课

娘娘庙的小角落

神龛

好友星星养的花，说是在三圣乡买回来的

忘。可诉的许多，写至此处却有些困倦。

丙申腊月廿一，对梅独坐，时闻窗外有犬吠之声。记回乡琐事，昨日视前日，今日视昨日，已然恍惚，不啻朝开暮落之花，遂以此名。

母亲的厨房

沙溪镇外

近来是吃菌子的季节，遂思念起云南来。几年前去沙溪古镇旅行，在镇上住了一周，几乎餐餐吃菌子，连早餐的米粉里都要放松茸片。每日傍晚，我在镇子周围散步，总会遇到开货车收菌子的商贩，他们集中收购村民上山采摘的野生菌，价格便宜，一层层运输转手，到大城市的饭店时已身价百倍。

小镇外的稻田，远处的山和云都很好看

我也会顺便买一些，带回客栈，厨房可以免费帮忙加工，最记得的是松茸和牛肝菌，还有一种很小朵的黄色菌子，有浓郁的香气，但清洗十分不易，炒来吃很可口。有时候我也会买到不太好吃的，客栈叔叔见此情况，建议说，如果我信任他，他每天上街买菜时额外帮我买点菌子。我

云南的房屋

人们在打理菌子

客栈叔叔挑选的菌子

求之不得，果然他挑选的都特别好吃，从来不多收我钱。

山上也长菌子，但是不多，况且我们很难专门抽空去采摘。有时候，你心心念念什么，就会来什么。有个居士常来我们观里走动，那天居士过来带了一箱子松茸和黄菇，是才从西藏寄过来的，个头很大。隔壁师父擅长厨艺，可以用极其简单的食材和调料煮出美味的食物，平时偶尔用电饭煲煮东西。吃菌子要趁新鲜，当晚我们就开始动手，松茸表面有些泥土，不能用力搓洗，只能用刀片仔仔细细刮，黄菇头子上泥沙更多，不太好打理。我们三人把菌子慢慢清洗并撕碎，直接放在沸水里煮熟，只放了点盐巴和跑油，鲜香无比。居士说松茸生吃更美味，蘸点芥末和酱油，但我们没有尝试。又过了几天，一位云南的友人，也给我寄来一箱松茸。他寄来的云南松茸较之西藏松茸个头小一些，但因路程没那么远，新鲜度更好，这次我尝试了生吃，脆生生的，口感味道完全不同于煮汤。这样的机会并不多，道观过的是集体生活，上头又强调不准私拉电线开小灶，而且日常琐事繁杂，也很少有人有足够的条件慢条斯理地安排一日三餐。大食堂做得再好吃，总不如家。这时候我便格外思念母亲，以及家中的厨房。

做饭应该是讲究天赋的，有的人做很多年饭也找不到诀窍。我有个高中女同学，读书时每次收假都要打包很多好吃的来，比如芋儿鸡、冷吃兔、鸭头等，是她家开的餐馆里做的。她的母亲本身很不会做饭，经常把食材弄糊掉或焦掉，好在家中做餐馆生意，不会亏待她的嘴。读书时总听她信誓旦旦地说，将来自己一定要做个合格的母亲，婚前要去好好学厨艺，不能让自己的孩子过自己小时候的日子。我听她说这些时，觉得好造孽[①]。因为我母亲是很会做饭的，连吃了大半辈子的父亲，至今也没有一点儿挑剔，经常赞不绝口。

古人说，工欲善其事，必先利其器，这句话也适用于做饭。我个人的经验，看一个人对做饭的热情度，仔细观察他做饭的家伙就能估摸大概。迄今为止，我还没遇到谁比母亲更讲究厨房的卫生以及锅碗瓢盆的质感。佛山的家，是家人常住的，她格外看重。先说卫生，我们家房子装修也近十年了，来过家里的人都看不出有那么久的痕迹，主要就是源于母亲的细心爱护。她最看重的是厨房，比如我和弟弟做完饭，必须立刻把地上的水和油拖干净，厨房放了专用拖把，拖把也是每天清洗的。孩子家做事不把细[②]，每回我们收拾过后，母

友人寄来的松茸

①造孽，川方言，可怜。

②把细，川方言，仔细。

家中窗外的风景，母亲做饭时也会瞥见这样的景致

亲必定还要打整二道[①]。她要把抽油烟机和沾上油的瓷砖用洗洁精擦得锃亮，炒菜的锅锅底都不放过，更不说电饭煲盖子的旮旮角角，连每个调味料瓶子摸起来都不会有油腻之感。冰箱里食材虽多，从来不会串味，因为母亲会分门别类用保鲜袋保鲜膜装好，餐餐如此。

每回吃晚饭，母亲总是最后就座，她不把厨房收拾得抻抻展展[②]，绝对不会过来吃饭。而我和父亲以及弟弟，也只能干望着眼前的美食，至多是偷吃一块解解馋。这时父亲就扯开嗓子往厨房喊："娃儿妈，你赶紧过来吃嘛，你不来我们都不敢动筷。"母亲通常手里抓着毛巾或者钢丝球，边干活边回头说："不等，你们吃啊，不收拾干净油就凝起了，渣渣哇哇的，啷个看得过去嘛。"但我们肯定还是不会动筷子，倒不是怕母亲生气，而是都体谅她的辛苦。我能帮她打下手择点菜之类的，但最后的收尾工作一点儿忙也帮不上，她总说我没把水珠子擦干净。

母亲对厨房特别爱惜，对厨具更是精挑细选。她是个该计较就很计较，该花钱也能花钱的

①二道，意思是第二次。

②抻抻展展，川方言，整洁、干净。

人，我陪她买菜时，一毛两毛她都能讲下价来，她说市场价就是这样，不能浪费，但去超市买电饭煲、锅铲、筷子、盘子等厨具，她就不会捡便宜，一定会在经济条件允许的情况下选择最好的。家中厨房的抽油烟机、燃气灶、大理石台面等人件东西，她都一个个看着安装，生怕用了劣等货。她说："住家不求看起来多奢华，水电线路等看不见的地方，才最应该用心。"

她不仅对常用的东西用心，我们在江阳的家，一年到头住不了几回，她仍然用心布置。比如厨房该用的东西，全部都是她从西樵带回来的，她说在家里买东西不熟悉，怕买不好，所以连烧水壶和剪刀都买回去了。搬新家请客那天，许多姨妈舅妈都来了，她给大家带了礼物，衣服包包都许大家挑，就是不能打锅铲瓢瓢的主意，父亲在一旁看着笑："那些都是她的宝贝，谁也不能动。"

泡海椒

我乡地里的辣椒

说了这么许多，该讲讲母亲做的饭菜了。母亲是地地道道江阳人，烧得一手好家乡菜。我说家乡菜，而不说川菜，是因为我自己很难定义什么是真的川菜，长大后我去很多川菜馆吃饭，都觉得和母亲做的味道不同。母亲做的家乡菜偏辣，我念大学时，在学校吃惯了清淡菜，每次回家的第一顿都会辣得肚子痛，边痛边吃，管不住嘴啊，连嗜辣的父亲偶尔也会喊少放点海椒，但母亲说的是：“不辣没得味道。”

母亲用的调味料都很有讲究，不独海椒是江阳寄过来的，其余花椒、菜籽油、木姜油等，都是她回家时带的，或者是托人捎上来。地道的原材料，保证了地道的家乡味。她常做的菜有靓汤、蒸排骨、清蒸鱼、凉拌手撕鸡、盐水猪蹄和鸡爪等。先说靓汤，这是广东菜，母亲定居岭南二十余年，也学了些粤菜，很会煲汤。每晚餐桌上必定有一罐汤，材料根据时令的不同调整，主料多是鸡肉、鸽子肉、猪肚、排骨、猪蹄，配料有红枣、花生、板栗、党参、地黄、虫草花等，我是想到什么写什么，并不完全。

煲汤费工夫，母亲白天要上班，没有太充足的时间，我在家时，她通常中午把新鲜的主料放在门卫处让我去取，或者让我下午点[①]把冰箱里的主料解冻，四点过就可以泡配料了。最初我还不会煮汤，都是等她回来做，她用过很多专门煲汤的锅，后来都被淘汰了，还是最朴素的土罐罐得宠。水烧开后她先放码过的主料，再放配料，煲汤时间在一个小时左右，这期间不放任何东西，只是随时注意水面的白泡泡，一点一点舀开，等关火后放一勺盐，搅拌均匀。

我对她煲的汤其实记忆不深，这事说起来很惭愧，我身体本不太好，还很挑食，自幼不爱吃荤腥，母亲做汤很想让我补身体，但我总是不太动筷子，喝一碗就罢了。上山后，我根本没有机会喝她的汤，有一回师父煮了菌子汤喊我喝，我端起碗时，忽然想起彼时的母亲。她心里会有

①下午点，方言，下午的时候。

失望吧，白天那么劳累，回来仍用心煮一桌饭菜，不过就是希望一家人能吃得好身体好，而我那么不领会她的心意。弟弟倒是能吃，总能把我那份吃完，但吃了就长给大家看，肉肉一堆，母亲看了更头痛。记得最深的是茶树菇炖鸡、车前草炖猪肚、虫草花炖瘦肉、木棉花炖鸽子这几样。

母亲的蒸排骨是一绝，弟弟上学后，什么都不想，就念念不忘蒸排骨。她蒸排骨说来简单，排骨切得不大不小，用蒜瓣、花椒、香油、姜、芡汁、小米椒、红油辣椒等码得七八分入味，才放在锅里蒸，通常十五到二十分钟就可以了，出锅后满屋飘香，排骨上还冒着热气，蒜瓣松软，海椒鲜红，样样汁水蒸出来，看着就很送饭。她这道菜做得好，得益于独门制作的辣椒酱。母亲做的辣椒酱不放冰箱都可以保存大半年，我读书时每学期开学前她都要做一大罐，每次吃饭前我要舀一点儿，吃菜才香。我们宿舍偶尔开小灶，没有那罐辣椒酱很难出好味道，几个本来不怎么吃海椒的广东同学，也被带得吃辣了。可以说的菜还有很多，不只有重口味，母亲偶尔也会做口味清淡但鲜美的清蒸鱼，只需要少量姜丝葱丝和酱油，她就能调出好味。

母亲喜欢做饭喜欢美食，但很少去外面餐馆吃大餐，她说再好的酒店菜，油始终不太对，卫生也不比家里。从小到大，记忆中我们家不太出去吃，吃的菜很少比她做得更好。而且她有天

母亲爱吃的“灰妹儿”，图片是住在道观时，下山买菜拍到的，那一刻想到了她

母亲喜爱的花朵，夏天散步时她喜欢手中捏着一朵栀子花，说一路都有香气

赋，吃到好吃的，自己回来一捣鼓，比别人还做得好。外出吃饭时，她常常随身带一瓶自己做的辣椒酱，每次都被大家抢来抢去。

对于食物，我没有特别爱吃的，母亲厨艺这么好，我也动不了几筷子。但我爱看她做，喜欢苋菜、青菜的红红白白，喜欢大头菜被晒干后瘪瘪的模样，也喜欢菜籽油烧热的香气，还有亲自去掐葱葱、木姜菜的过程，但似乎我又一直与这些疏离，至亲至远。她曾经想过我可能嫁一个广东人，为人妻为人母，总说本地人注重持家，女子不能不会煲汤，也曾手把手教我。可我不爱吃，更不喜欢她开口闭口男婚女嫁，没学到什么精髓，连许多细节也记不清，今时写这些，心中没什么底，愧疚感很深。但我知，情感上的抱歉，唯有以情感偿还。

经书里说“怜我父母，日渐衰朽”，《诗经》中写“哀哀父母，生我劬劳”。这都是教我们要感念父母生养的不易，但我在以前，都觉得这些事是自然的，该我的，而今想来，真的很不应该。即便我们和父母，在人生选择上，注定有许多的分歧，也要多珍惜眼前缘分，尽量顺他们的意。比如我自己，当下做不到她想要的生儿育女，但端碗喝口汤是做得到的，帮忙收拾碗筷，也是顺手的。父母的喜悦，常常就因这点微末的心意。

丁酉孟秋，在成都参加培训，酒店在市中心，隔壁走几百步便是文殊院、娘娘庙。培训的饭菜师父们大多都吃不惯，里面加了不少味精，吃几口直流清口水。与我同住一屋的师父每天走路去娘娘庙吃斋饭，她年轻时候在那里住过。我也吃不惯酒店饭菜，头一天吃完，中午就回去吐了一顿。

白天学习，课程安排得满满当当，傍晚过后时间比较充裕。饭后去了方所书店，四处看了看，书籍丰富，感觉现在日本文化在年轻人中很受欢迎。进门处有一本流沙河的《老成都·芙蓉秋梦》，很喜欢，虽然知道网购比较便宜，还是在书店原价买了，当一个美好的纪念。翻到序言里有这么一句：“我有幸生于斯，读于斯，笑于斯，哭于斯，劳役于斯，老于斯，所以就结合着我的祖先、我的父母以及我自身，写了这本老成都。”一辈子的印记都在一个地方，也是难得的事。

出来时周围已灯红酒绿，我不太熟悉路况，绕了半天才绕回

大慈寺外，人们在看喷泉

尘世如潮的样子

大慈寺门口。横匾上写的是“古大圣慈寺”，久闻其名，没有进去过，今天走到门口，却不是开放时间，站在红墙下，抬头看

见左右两株紫薇花开得繁盛，左侧门上有块匾，题名“真解脱门”。

除此之外，身边所带书籍只有《宫女谈往录》和《吴船录》，三本皆是回忆过往之书，引人遐想，遂想作几篇与母亲有关的文章，不是为了表现什么深沉的情感，我身为长女不顺母亲的心，不能说自己孝顺。儿时常年与母亲分离，也不能用心体会她的难处，舅妈说的，她丢手[①]我时，我才两岁多点，我坐在田里哭，她频频回头，但还是狠心撒手，这都是家里难啊，没钱给孩子吃饭念书。今日是头次专门写她，还都是关于吃她做的饭菜，但也只能做到如此。

娘娘庙里，不知哪位师父做的混元巾，还未完工

①丢手，川方言，意思是放开。

第三章 迟日江山丽

莫笑我逍遥闲散，也只为百岁光阴有限。你不要锄熟了亡经佚史，抛荒了越水吴山。

——徐大椿《赠曹慈山》

没有世愿的人

窗内闲望

再过一天就要离开，此刻从窗外看过去，有大片的夹竹桃，红白间生。远山明净，骤雨后的雾气慢慢散开，但乌云还坠在半空中。水缸里的金鱼，睁眼闭眼呢，我也不晓得。前几日都艳阳高照，昨晚却觉得分外闷热，身上黏糊糊的，饮茶时大家还在说，夜里定然有一场暴雨，只是直到大家互道晚安，天仍没有什么动静，还以为估计错了。雨到底下了，不过是在人们熟睡后。次日起来，山间水汽氤氲，夹竹桃被打得蔫蔫的，台阶上积水哗哗哗往下流，路上仍旧车来车往，行人减少许多。

来了多日，附近的山水看了好多处，大抵就是那样，人也有些倦，不太想进山。甯君是个感应很强的人，清早和我们打完招呼就说：“一会儿送你们去下梅，只是那地方并不大，估计你们一两个小时就能逛完。”我们头天晚上并没有说计划去哪里，但他早已猜到。去往下梅的路上雨越下越大，城市的排水系统并不太好，地面全是积水，甯君说

村边雨景

祖师桥

若是起太晚他就不会出门，怕车子陷在水里。

约莫半个小时的车程，下车后甯君抢先帮我们买好门票，交代一阵后驱车返回，他家中还有生意要照顾，不与我们同行。我顺手从车上拿了一把伞，不大不小，能遮住头，手臂与裤脚难免打湿。陪同我们进检票口的是个微胖的年轻女子，听她说话的语气应该是导游，我们心知是甯君特意安排她为我们做讲解。

走几步见一座木质高楼，叫“祖师桥”。据闻从前这里是古楼，现在这座是在原址上重建的。我喜爱楼外的溪水，冒雨也要去栏杆边瞧瞧水势，又顺带眺望了远处的青山。木地板很滑，我差点儿摔倒。撑伞而立，站在河边看了一会儿，那水急急流过，河面有雾气漂浮，两岸的树木亦被风雨吹得枝斜叶乱，真是十方世界只在这滂沱大雨中，要把万事万物摇得惊心动魄。而我在这里，只有寸心可执，倒不见得是什么坏事。

下梅这个名字很好听，我问导游姐姐此名从何而来，她说这个村子在梅溪的下游，是以有此名。她还特意介绍，下梅是“晋商万里茶路起点”，并提起电视剧《乔家大院》，问我们看过

村景

没，我这才知道下梅和晋商还有一段渊源。在武夷山，下梅的邹氏就曾是和晋商合作的大茶商，现今邹氏宗祠被很完整地保留了下来。《崇安县志》有载：“康熙十九年间，其时武夷茶市集崇安下梅，盛时每日行筏三百艘，转运不绝。”从中可一窥下梅盛况，再想想祖师桥外的那条河，曾经竹筏遍停，人流往来不息，该是多么繁华络绎的画面。

进了检票口，村子就在眼前，这才懂得粤语里说村子为“条”而不是“个”的道理，那村落沿河而建，家家户户推门即能见水，看上去可不就是一条村。房檐往外延伸，完全能够挡雨，但遇到有巷子的地方头顶就空了，我们撑着伞很不方便，一会儿收一会儿开。居民们大多数都有摩托车和三轮车，走路时常常会遇到车子迎面而来，要退到人家屋门口让路。遇到一个开三轮车的男子，他示意我们让路。身后是一家医药店，退几步后又忘收伞，雨水落了些在人家地砖上，那家有个瘦削的中年男子，用手推我们出去，很气愤地说我们把水滴在他地上了。我们实在不是故意的，也能理解主人家爱惜地面，但如此粗鲁地赶我们走，令人心里多少不适。但我并未因此影响心情，眼神都落在他门口的两株大栀子花上。

河流被大雨冲刷，黄沙泛起，一片浑浊，而那长在溪边的两棵重瓣大栀子花，亭亭而生，在湍急的河水旁也不见娇弱之态，带着雨滴的白色花瓣在风雨中左右摇曳。我留友人在门口，打着伞走近看那一朵朵洁白的花朵，裤脚湿了也不在意。记得刚来的那个下午，在甯家茶行的楼上休息，推窗往楼下看，就看到好些栀子，心里很雀跃，能在异乡看到故土的花，很远的距离都像闻到了香气。有一回甯君带我们出门，车子从城里驶过，我惊讶地说风中有好重的栀子花香，侧头看到市区竟以小栀子做绿化，难怪忽一路清气。甯君还笑，说我们来得真是时候，栀子做绿化是有些奢侈的，因一年中开花的季节并不长，大多时候都是绿叶青青。再后来，去甯家茶山的路上，更是看到溪涧边、悬崖上，四处长着栀子。

雨一直未停，在桥头时，我们见导游姐姐一路相随，很认真地讲解着，猜测她是受甯君所托要一路陪伴。我们不想打扰别人，又都是喜欢闲散自在的人，更愿意自己随意走走，便在过桥前与她分别。走过一弯小桥，邹氏宗祠就在眼前，在里面看楹联、石雕、木窗，停留了很久。我对建筑一窍不通，但很赞叹窗户的工艺，那样小的木头上还能雕刻人物故事、花卉虫鱼。喜欢雨水从高高的屋檐上落下来的声音，还有庭前水缸里滴滴答答，波纹荡漾。站在边上，看着石台上摆的兰草，想象它们开花时的情景。

屋子很大，没有别的游客，我们慢慢走着，渐渐走到里面，在一间很大的空房间里看见一桌人正在吃饭。那屋子一看便知平时一直有人使用，锅碗瓢盆一

雨中的栀子花

应俱全，吃饭的都是男子，像是在附近做短工的。恰好走到那里时，我们不知该往哪里去，就问吃饭的人。其中一个站着身子端着饭碗的男子让我们往右拐。顺着他指的方向走过去，又到一间大屋子，里面摆了许多包装好的茶叶，一路走来，不时地看到摆放茶叶的屋子，装潢现代，灯光明朗。屋子里有一群人在喝茶，见有人进去也不觉得奇怪，自顾自喝着。从茶桌边走过，穿过一道很窄的门，到了宅子的后花园，园子并不大，四面高墙，只有左右两个小入口，但并不令人感觉局促，又或许是大雨的缘故，中央那个方形的水池显得格外灵气，周围的草木无一株开花，但我感到很深的凉意，比花香更聚神。方寸之地里，听一场音声明晰的雨，总觉得很有福气。

原路返回，工人们还在吃饭，我们也觉得饿，要找地方吃点东西。左拐右拐，又拐进了一

宗祠里的兰草

石缸里的清水，泛着淡淡的绿色

宗祠的门上贴着手写的毛笔字

间茶室，头顶的木雕很惹人注目。刚踏进门，就有一个中年女子笑语相迎，自言是邹家多少代媳妇，很欢迎我们的到来，并热情邀请我们坐下喝茶，说什么回去和别人说，来了下梅，亲自尝了邹家某某代媳妇的茶之类的话。我们出门在外都很谨慎，见那中年女子言谈举止很浮夸，她旁边还坐着个年轻女子，看起来也是精明人。友人已经猜测到是卖东西的，立马推辞说要去吃饭。见我们迅速转身，那人还不死心，连忙把名片递给我们，说要买茶就找她。我和友人相视一笑，瞬间印证了刚才的推测，庆幸还好没有坐下，万一坐下去一杯茶要个天价，我们可走不脱了。整个宅子里，样样都好，就是遇到的这遭事令我们反感，回茶行的路上和甯君说起此事，他说那女子也不过是为了卖茶，在下梅，过分骗人的事倒也不会有，再者他是当地人，不会有人欺负到我们。

在当地人开的餐馆里吃饭，餐馆在宗祠旁边，隔过来的那道桥几步路，一对夫妻经营着。小房间里就摆了两张大桌子，我们隔壁桌是一对夫妻，看起来也是来此旅行的。我坐的位置后面有个电苍蝇的机器，许多苍蝇在我头上飞，挪了几下好一些。往后走有个台阶，里面是包厢，传来喝酒划拳的声音，包厢外两片空地，主人家种了不少蔬菜，大概小店经营，能自给自足的蔬果就不去外面买。屋檐下堆着水鞋、洗脸盆、用过的肥皂等旧物，颇有些脏乱。但我竟也驻足看了好一会儿。

工人们吃饭的地方

檐雨

菜还未上来，我们在清洗碗筷，又打开调料盒看是些什么酱。菜上来，有香菇豆腐汤、炒茭白、炒空心菜、酸辣粉，味程[1]很清淡。不得不单独说那道酸辣粉，果真就是白水煮个半熟，再稍微搁了点清油、酱油、醋以及未过油的辣椒面的粉丝汤，要放在成都大概没有人愿意买账。我俩都多少能吃点辣，要来一罐辣椒酱，老板人很好，直

①味程，川方言，味道。

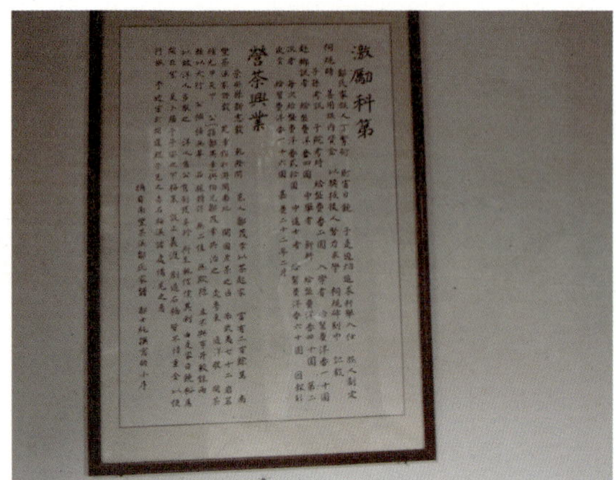

关于宗祠的资料图

宗祠外景

雨中看村中的民居

宗祠

接放在我们面前，说吃多少随便舀。那辣椒酱是剁椒酱，里面掺和了泡辣椒，但没什么辣味，拌在菜里更送饭些。邻桌的夫妻也点了好几个菜，大多是荤菜，有肉末粉条、香菇肉片等，吃得比我们快，结账先走了，碗筷一直放在那里，老板也不急着收。

不急不忙吃过饭，还和老板娘闲聊了几句平日里来的游客多不多，生意好不好做等，这才往村口走去。原本是想再看看别处的景点，但附近不好打车，甯君又打电话说过来接我们。考虑到他下午本来还有客人，专程出来接我们已经很不便，若我们还游玩太久，太给他添麻烦，况且这一路虽看得不多，却分外觉得宁静，已有圆满之感，至于别的再好看而未能看的，都不足以成为遗憾了。

将要到祖师桥时，竟还遇到个镇国庙。庙里无人，炉子里插着一支清香，右边墙壁上贴着红纸，纸上清晰地记录了上次庙会收到的功德款，大约有两万多，可见这座村庙里平时村里人会定期做一些活动。果不其然，走到里面的斋堂，看到许多闲置的桌

纸花

椅板凳，收捡得齐齐整整。两面门上有彩绘的神像，但不能确定是哪两个门神，右边有个介绍寺庙的展板，上面说此庙建于公元1779年，原祀唐朝镇国大将军薛仁贵，故名镇国，也是晋商祭祀忠烈先祖的场所，现如今演化成祭祀儒释道三教圣贤的庙会活动场所。我们一路进去，没有识别出薛仁贵，但看到三世佛、观音，观音左右有两尊凤冠霞帔的娘娘，不知圣号是什么。那座观音是立着的，脸型饱满，两旁娘娘所坐的神台外有玻璃护着，我走近看，能清晰看见她们头上戴的凤冠，珠子颗颗闪亮；她们眉眼都细腻温柔，更像是端坐在深闺的大家小姐。

观音殿光线不好，白炽灯下一张破旧的书桌，上面摆有黄历、结缘册子，书页都打卷了，灰尘自然也重。墙壁边有个木架子，每一层都放了根竹竿，竹竿

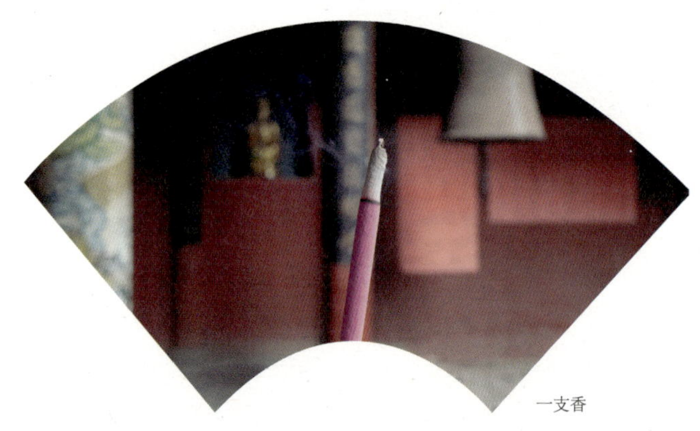

一支香

破旧的门窗

写着药方的签文

打孔，细线挂着签文穿孔而过。签文旁边一个架子上，挂着一些类似药方的册子。随意看了一张，上面写着：“妇科第十二仟，云苓3.5g，米党3.5g，焦术3.5g，青皮2g，炙草3g，生姜一片。”其余纸条上也都写着药方，不知作何用处。又往签文的架子前细看，瞄到一张第十中签，签文写道：“石藏无价玉和珍，只管他乡外客寻。宛如持灯更觅火，不如收拾枉劳心。”我喜欢这首诗，是让人熄灭心火，静中求定。可什么是“枉劳”呢？这很难解。未曾“劳”，又如何能轻易决断为“枉”？并没有摇签，此刻我是没有什么世愿的人。

这阴沉的屋子怕一年中都见不到阳光，看着观音座前的签筒，我想着那些善男信女求愿时的面容，而正在那一刻，友人已跪在蒲团上行三跪九叩礼。我看着她稽首顿首俯伏，颇为沉重的样子。离开殿堂时，留意到两旁

路上看到的月季花

在巷道里躲雨，地面上的鹅卵石被洗得发亮

柱子上的对联，正是《红楼梦》里提过的那两句：“假作真时真亦假，无为有处有还无。”真是有趣，书里写的事，这里真的看到了。

白云深处人家

以前读白玉蟾祖师的文集，看到一篇《武夷重建止止庵记》，庵名有趣，当时就记住了。早闻止止庵的大名，但只见于典籍，未曾亲临。清人来谦鸣说：“自秦汉而降，（武夷山）历为方士羽客隐遁之所。”更远些的陶唐时代，彭祖与其二子曰武曰夷在此隐居，武夷山便是这样得名的。秦汉晋唐时，许多神仙在此修炼，武夷山成为道教名山大概是唐宋时期的事。唐代著名道士司马承祯在《天地宫府图·三十六小洞天》里说：“第十六武夷山洞，周回一百二十里，名曰真升化玄天。”晚唐道人杜光庭在《洞天福地岳渎名山记·三十六洞天》中称之为“升真化玄洞天”。清人董天工《武夷山志》卷之四“颁赐”，记载了一段武夷山辉煌的历史：

南唐保大二年（944年）二月，敕建州武夷山“升真元化洞天”。武夷观可改赐“会仙”为额，仍令所司日下准备木植，别择高爽清净去处，鼎新创造，照依降去格式，务要简朴。其山方圆一百二十里，与本山护荫，并禁樵采张捕，违者所司按法施行。

这段“颁赐”后有一段故事，说的是南唐李良佐一直想到武夷山修行，他的皇兄，就是那个写“菡萏香销翠叶残”的李璟，不仅同意了他的奏请，还封他为“演道冲和先生”，敕令相关人员把原本建在洲渚之间的武夷观，移建到“高爽清净”之处，御赐“会仙”之名，规定方圆一百二十里都是道观的庙产，不准周围百姓随意砍柴捕杀。有皇家敕封，此时的武夷山道教无疑得到迅速的发展。

从这些记载中可以看出，武夷山自古便是修真悟道之人向往的洞天福地。至于止止庵的闻名，则与白玉蟾祖师有莫大的渊源。白玉蟾祖师游历天下，尤其钟爱武夷山水，他自言：“笑指武夷山下，白云深处吾家。”并为其写下《武夷重建止止庵记》，在文中盛赞止止庵的清绝妙胜，这篇记中最有意思的，莫过于他对于“止止”二字含义的阐释。

我走过一些宫观，但从来没有一个观名记挂这么久。“止止”二字，最先是从《庄子》里读到的，“虚室生白，吉祥止止”，但一直对其意义了解不透彻。白玉蟾祖师自称“三教之书，靡所不究”，他所学甚广，阐释此意时从易学、老庄、佛学各个角度入手，言简意赅。

“盖‘止止’者，止其所止也。《周易》艮卦，兼山之义，盖发明止止之说，而《法华经》有‘止止妙难思’之句，而《庄子》亦曰：‘虚空生白，吉祥止止。’是知三教之中止止为妙义。有如鉴止水、观止月、吟六止之诗、作八止之赋，整整有人焉。止止之名，古者不徒名，止止之庵，今人不徒复兴，必有得止止之深者，宅其庵焉。然则青山白云，无非止止也，落花流水，亦止止也。啼鸟哀猿，荒苔断藓，尽是止止意思。若未能止止者，参之已有止止。所得者政，知行住坐卧，自有不止之止。非徒滞枯木死灰也。予特止止之辈也。今记此庵之人，同予入止止三昧，供养三清高上天，一切众生证止止。止止，非止之止；止，实谓止其止之止而已矣。”在这段议论中，白玉蟾祖师言“止其所止”，在他看来，不独人应该奉此为圭臬，世间万物无不在此规则之中，才有风花雪月之美景，才有诗词歌赋之璀璨。

此次去武夷，心心念念就要去一趟止止庵，虽然之前也曾对庵里的争斗事件有所了解，又听友人说里面现在也没有道士住着，我仍想去看看。甯君开车送我们到植物园，停车后我们步行进入景区。售票处有一棵高大的油桐树，进门时碰见一个戴庄子巾的道人，但听甯君说不是真正的出家人。公园很大，游人却并不多，甚至令人觉得冷冷清清的，再往里走就看得见九曲溪了。约莫走了十几分钟后，大路变成一条小路，路沿河修建，温度比别处低许多，我们走得快，并没有太留心路上的风景，从树缝隙中观见两岸青山相对，河上三三两两的竹筏缓缓过来。甯君见我停了下步伐，还特意详解道，现在的游客都是顺流而下，从前的时候游九曲溪是逆行而上，岩石上面写着四个字“渐入佳境”，正是这个意思。

植物园里的桐花

朱熹在《武夷图序》中提到：“武夷君之名著自汉世，祀以干鱼，不知果何神也。今建宁府崇安县南二十余里有山名武夷，相传即神所宅。峰峦岩壑，秀拔奇伟，清溪九曲，流出其间。”我望着眼前的山川，也是相似的感知。历来关于九曲溪的棹歌也颇多，朱子的《九曲棹歌》细致地描写了每一曲的风貌，如：“五曲山高云气深，长时烟雨暗平林。林间有客无人识，欸乃声中万古心。”朱子这组诗山水倒也有了，但缺些仙意。明代张时彻有一首我倒颇为喜欢：“石鼓盘廊曲曲滩，天壶日月几回看。何人夜半吹长笛，万壑风声斗牛寒。”这首诗里含有一个典故，诗中所言吹长笛之人，指的是宋熙宁年末至止止庵修行的李陶真，他好吹铁笛，所以人称李铁笛。他吹笛之时，苍壁裂、龙蛇悲。李陶真后来在建平里通仙岩修行，某日留诗与众人，曰：“毛竹森森自剪裁，试吹一曲下瑶台。当途不遇知音者，拂袖白云归去来。”从此不知所踪。

张坦也有一组棹歌，序比诗佳。《和棹歌原韵并序》如是写道：“方舆之内，称洞天者三十有六，而闽之武夷，其一也。自朱子筑精舍于隐屏，大业名山，远萃道南之绪；而千百世下，莫不深山高水长之思。余旧阅《武夷图志》，即神游其间，以不得一至为憾。兹幸承乏闽疆，分巡南剑，于小春望前行部，道出崇安。遂迂途至武夷宫，偕友谢子其灿，登小筏、折清流过五曲，谒紫阳书院；缘仙掌而上登天游绝顶，俯视诸峰森列，秀拔奇伟，万象苍茫，迥非人境。向之目遇于志图者，固未能仿佛其什一矣。余廿载风尘，久疏吟咏，但既勤蜡屐，恐负名山，因依考亭原韵，敬和棹歌十首，敢云步武前徽，亦以稍申仰止云尔。”

我来武夷，没有什么风尘，只有单纯看看人物风土之心，但看前人所留的诗文，往往寂寥苍茫，或许这正是尘劳的舒展，于山水中暂忘人间纷纷。白玉蟾祖师也有一组棹歌，诗句间是仙家的空灵澄澈：“仙掌峰前仙子家，客来活火煮新茶。主人遥指青烟里，瀑布悬崖剪雪花。”幼时读韦应物的“涧底束荆薪，归来煮白石”，虽说思慕其间的隐逸自在，但难免觉得过于凄清；祖师此句虽写仙家生活，却说得活泼。仙子住在山中，偶尔也有远客来访，煮茶待客，闲聊时抬头看看烟云，远处瀑布飞溅，清凉喜人。“山市晴岚天打围，一村鸡犬正斜晖。稻田高下如棋局，几点鸦飞与鹭飞。”此诗也好，写的都是山村常景，却有仙家的疏磊。

我这样疾步走着，想到往日那般向往此处的茶、寒梅、溪水、雾气，以为要很久以后才能到此一游，而此次自西蜀赴闽，特访武夷，能一偿夙愿，真是很好很好的事。正出神想着，很快就要到止止庵了。甯君忽然又问我们一句：“你们真的要去？”事实上这次去止止庵，他不止一次这样问我们，只是我们并没有细想，还以为是前几天他时间上不方便的原因，但当我们真正走到庵门口时，方知道他这一问是有其他缘由的。将要到道观时有个明显的拐弯处，我走到那里就觉得浑身发冷，林子里气温又降了许多，但我访古心切，仍大步流星地走着，再一抬头，正看见“止止庵”三个大字。山门修得很有气势，两边竹林相护，但丝毫没有给人幽静之感，只让我觉

止止庵正门

得阴气甚重。先看见的是庵前一块指示牌，上面歪歪扭扭的几个大字“庵内整修，严禁出入”，看得出牌子已经立了很久，上面还粘贴有公告，字迹大多被风雨损坏，又或者是人为撕扯。道观门前便是水，异常潮湿，台阶和石狮子身上满覆青苔。山门处对联不俗：“到此十六洞天，方知天外有天当止则止；仰其百千仙道，始悟道非可道应行便行。”

关于止止庵的环境，《武夷山志》中亦有详细描述，说其地理位置是“是庵背倚幔亭，面对虎啸，左侧天柱峰，右有铁板嶂”，谈其景致曰“不深而幽，不高而敞”，“云寒玉洞，烟锁琼林；紫桧封丹，清泉浣玉。铁笛一声，群仙交集；螺杯三饮，步虚冷冷。青草青，百鸟吟。亦可棋，亦可琴。有酒可对景，无诗自咏心。神仙渺茫在何许？……

易经楼

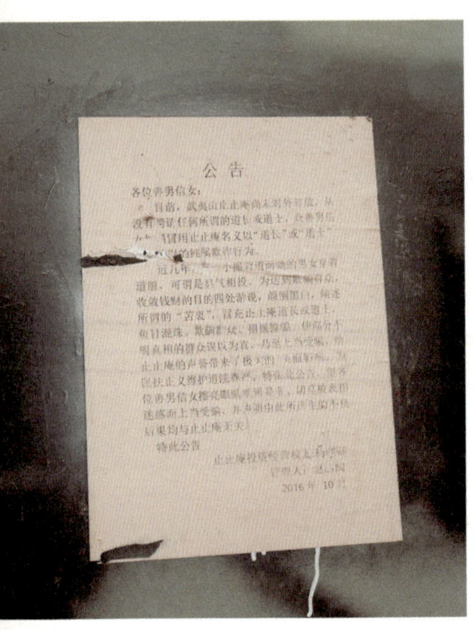

公告牌

盖武夷千崖万壑之奇，莫止止庵若也”。

书中将止止庵描绘得幽静雅致，并夸赞其位武夷千崖万壑之首。这样的清幽之境，照理说应该是气场很好的，不知往年发生了些什么事，导致现在气场如此怪异。继续往前走，见到一处题有许多书法作品的岩壁，自石壁下穿过，便是进观的另一条小路。小院儿野草蔓生，真正是荒郊古道场的氛围，身后几步路就是九曲溪，溪中人来人往，天气明媚，仅隔了个山门，里面却完全是另一个世界。

观内殿堂修得很庄严，祖师殿、易经楼皆为纯木质结构，柱子上雕龙刻凤，窗户上虫鱼鸟兽人物花木更是工艺考究，然而整个庵内，没有一丝香火气。祖师殿前也立了块公告牌，公告人叫杨丽卿，自称止止庵投资经营人，她在公告上说，近年来有人穿着道服在庵内行骗，许多群众上当受骗，这件事给止止庵形象造成了很大的负面影响。这张公告，包括整件事情，一年前我也在网上看到过一些信息，但模模糊糊的，不知道究竟怎么回事。一旁的甯君也只是轻描淡写说了句，其实是两家人的争斗。具体是怎么回事，我也没有细问。

祖师殿后面贴了许多书画作品，没有经过装裱，直接用糨糊贴在木头上，倒让人很可惜那些木料。不过所贴的作品取意倒也不俗，画作大多是莲花、兰

祖师殿前

贴满作品的门窗

草、秋菊，字的内容有“涵养天机”“静神养气”等，都表现着道家无为清净的思想。最顶上写了一幅《武夷吟》，落笔放逸纵情，笔锋棱角犀利。字虽狂放不羁，我却连认带猜地读出了全诗：“上元好气微雨润，梅桃止止话逍遥。溯忆圣贤，武夷长味。文风采永耀、梦里江郎笔。丹山碧水思君志，空谷传声，绚丽晴川玉女嫣。”落款为某某居士，中间两个字墨迹已淡，作词之人名“晓翠”。除却这首词，两边柱上书有一联：“德行者本也，文章者末也”。

从祖师殿转过身，眼前便是易经楼。这座楼无论是石柱、石壁，还是木窗、栏杆，都下了重工，最引人注意的是殿前的两根木头柱子，上面雕刻的玉龙吐珠，纹路盘根错节，刀刀深刻，柱身粗壮，一人怀抱是不行的。柱子遮住了后面的对联，我们往里走才看到的，白纸书有“铜山久种无边树，金谷时开得意花”。殿堂侧面也贴有许多书画作品，我原本想仔细看看，但廊下光线昏暗，许多字看得不清晰，一眼认出白玉蟾祖师的《道

“洞天由来度有缘”，可什么是有缘，这件事就很玄乎

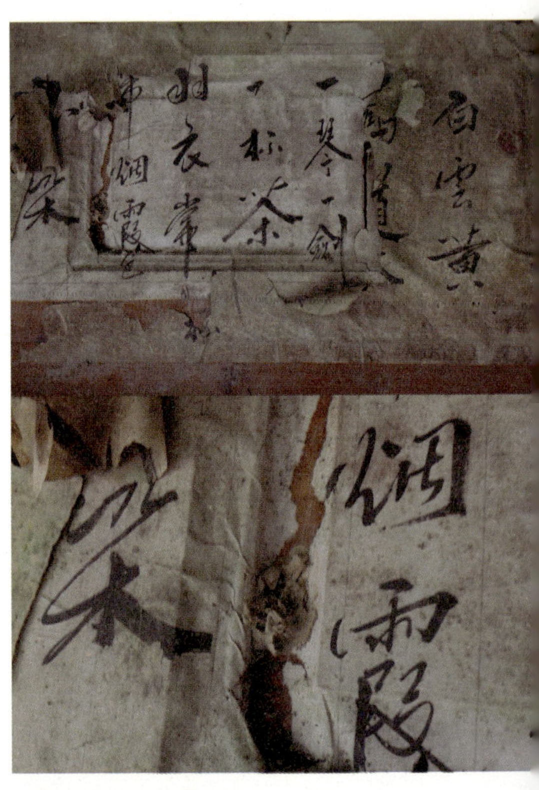

白云黄鹤道人家，一琴一剑一杯茶

情》：“白云黄鹤道人家，一琴一剑一杯茶。羽衣常带烟霞色，不惹人间桃李花。”有意思的是，那幅作品看起来并非同一个时间完成的，面上的那张纸颜色更深，已经脆得烂掉，中间缺失了两句诗，破损处又有人用洁白的宣纸修补过，笔迹也十分相似，或许出自同一人。

这样看了看诗文，我转身站在易经楼下，正对着一个空院子，此时方能仔细看清此处的地理环境，邻水靠山，修竹环绕，是个很好的地方，只是如今气场变得这般奇怪，令人费解。所见之处，尽是些荒苔断藓，野草杂花，连我一贯喜爱的南竹，长在此处也阴气沉沉的。

走出来看到九曲溪，整个人舒畅不已。我站在石头上调整呼吸，又顺眼看看岩壁上的作品，大多是前人游览兴起而书。中有一段，我印象较深：“隆庆元年七月望后，桂林殷从俭自闽赴浙，来游武夷，溯流谒紫阳书院，爱其崖壑幽胜，不殊粤中，徘徊久之。时天子新政，民物熙恬，草木鸟兽咸若。斯游也，适逢运泰，情与景会。有余乐焉，因书以识岁月。”隆庆元年七月十五后，来武夷游览。立在壁下看字，身侧竹筏一一远去，方才的不适之感一扫无遗。友人见我迟迟未跟上脚步，又折过来寻我，说天色已晚，要趁早回去。出来后没有走原路，甯君带着我们走宋街，还买了白菜粉条包子，辣味十足。不多时，走到柳永祠，起先我不知道是什么地方，看到“白衣卿相”四个字后，才反应过来，还特意问甯君，怎么修了这么个祠堂。甯君回答：“柳永是武夷人啊。”我这才头次知道这个问题，从前学柳词，从来没注意过他是哪里人。

转身站在易经楼下

我们在院中散步，人迹寥寥，只有一对新人在拍婚纱照，新娘一身红装，模样娇憨。光线并不太好，摄影助理一直在旁边打光，甯君在台阶上闲望，我和友人站在柱子后看了良久。四周墙壁上刻满柳词，可惜字体呆

九曲溪

《少年游》：“长安古道马迟迟，高柳乱蝉嘶。夕阳岛外，秋风原上，目断四天垂。归云一去无踪迹，何处是前期。狎兴生疏，酒徒萧索，不似去年时。”

摩崖石刻

板，缺乏美感。边走边看，累了就坐在槛外的竹椅上休息。那对新人还在台阶下拍相片，亲密相拥着。林中蝉鸣尖锐，大片的桐花随风而坠。抬头看到顶上一阙

拍婚纱照的新人

路过的碑

端阳

那天正是端阳，在甯君的阿姐家中吃晚饭。阿姐家就在小武夷公园旁边，去的路上甯君特意驱车从公园里穿过，让我们看看一路风景。很原生态的地方，里面还种了许多蔬菜，豆角比川内爬得快一大截，除却那条弯弯曲曲的公路，整个景致更像一个安静的小山村。我在车窗里看到遛狗和跑步的年轻人、结伴而行的老人，园里有大片的竹林，盛夏应该不会太热。也听甯君说好吃的竹笋特别多，我记起刚去的那顿饭菜就有炒斑竹笋。

阿姐家门口有个绿皮信箱，旁边挂着长长的艾叶和菖蒲，进门就摆着茶席，姐夫坐在正位，四十岁左右的人，眼窝深陷，一看就常熬夜，身体亏损得厉害，果然后来饮茶时他问我道家养生之法，我心里多少猜测到些，故意说了最要紧是作息规律。他边给我们倒茶边摇头，自言绝对没有修行的根器，也颇为羡慕住山的清修生活，只是心虽向往，终究觉得太枯燥和难为人。他又问我日常以学习什么为主，我答

饮茶

说不过是诵经和做道观的日常工作，姐夫听后大吃一惊，倒茶的手停在半空中，惊讶于我们还有工作，追问我："难道出家人不是每天只用做和学道有关的功夫吗？"我敛了敛衣裳，也不诧异他的问题，一并细细和他说，道观日常也有接待、修建、采购、培训等事务，院里人本来就少，师父们分摊的任务其实很多，平日更没有什么休假可言，像我这样出门来云游，三年中只有这么一次。他听后感慨不已，又问我年龄几何、为什么入道等一般人都好奇的问题。说到这里时，本来在厨房收拾东西的阿姐也坐过来。若是平日里，我并不太愿意说这些，但在座都是甯家人，避开显然不很恰当，便实诚地说了几句。他们一听我家中有正一道的传承，都一副恍然大悟的样子，似乎顷刻之间就完全明白了我的抉择似的。我有些尴尬，不免又解释了一段，做道士的舅舅主要是做法事，与住山道士相去甚远，根本不是一回事。但他们坚信我血液里有很深的家族传承，倒把很简单的事说得很玄乎了。

喝剩下的茶叶，可用来洗脸

艾叶

阿姐有个儿子，看起来上

途中所见

孩子的日记

小学三四年级的样子，我们聊天中他拿着作业本给妈妈检查，作业是当天的日记。阿姐要帮他检查有没有写错的地方，也喊我一起看。田字格作业本刚好写满一页，孩子还小，很多字不会写，就用拼音代替。但小朋友鼻音边音不分，前鼻韵和后鼻韵也弄不清楚，我边读边猜测写错的地方原本想表达的是什么。那篇作文虽稚嫩，但所写的正是当天的真人真事，文字真诚可爱。“5月5日（二）晴，我家忙着干事情，我们撒石粉，挂艾叶，虽然我觉得挺高兴的，可是撒石粉就有点难了。因为，石粉太刺鼻了。不过，过了一点儿时间，我妈请来了好多好多家人，有大姨、

家常菜

妹妹……虽然有这么多家人，不过可把我妈累坏了。可是，我们都觉得很开心，因为，好不容易聚集起来家人。”全文大致如此，中间有些写错的拼音我更正了过来。我倒是很好奇他们撒的石粉里有些什么材料，让孩子觉得很刺鼻，还有从这短短的小文里，看得出孩子很关心妈妈，并且对于家人难得的聚会感到喜悦，真是令人安定的文字。

晚饭荤素都有，他们家人吃的有炖猪蹄、清炒河虾、老鸭汤、水煮鱼，照顾我与友人吃素，特意做了好几个素菜，有泡辣椒炒茭白、清炒四季豆、清炒番薯叶、生海椒炒空心菜杆儿、竹荪汤。我当时还和友人聊，当地人的饮食口味很接近川人，只是少了花椒，他们是真能吃辣，炖菜大多都是红红火火的。甯君的父亲也在，我们此行除了想去看甯家的茶山，最重要就是想见见甯父。他是个一看就很严肃并沉默寡言的人，用甯君的话来说：“我父亲是个气很足的人，一般人很难和他相处。”先前我们在茶室喝茶时，甯君有个友人带着刚能走路的孩子过来玩儿，那孩子很腼腆，但也不怕生，和我们都玩儿得很好，待甯父一进来，孩子看到老爷子就哇哇大哭。

甯家祖上有道医传承，到甯父这一辈都还有许多奇方妙术。甯父曾学茅山法术，但家中不许以此为生，然又要养家糊口，后便学做茶，得许多能人指点，

油桐花

到如今在当地已是数一数二的手艺，儿子的手艺也是他手把手教出来的。友人喝甯君的茶有四五年，她是个很挑剔的茶虫，能如此厚爱一家的茶，自然有一二分道理。我从来不会喝茶，但这次沾光跟着喝了不少好茶，其余不敢说，但着实感受到了什么是茶气，还有其中那份干净和澄澈。不同的茶在不同的状态下喝下去，身体会有最诚实的感知，或解乏或发汗或去油腻，立竿见影。

饭后天色已暗，门外夜灯初上，我们与阿姐一家人告别，由甯君开车去他们乡下家中。大约有一个小时车程，是一段并不近的路程，可由于我们第二天清晨要看茶山，去那边过夜，时间才不会仓促。很长的一段路，但没有遇上什么车子，窗外月儿弯弯随人动，栀子花香入鼻来，分外解乏，又或许是白天茶水喝得多，人根本没有困意，只是睁眼看着夜色，不舍得闭眼。空气里飘来清香的味道，甯君侧头提示我们两旁都是梧桐树，花开如雪，夜里闻着格外醒神。我还在琢磨梧桐花如何似雪，又如何是这个味道，次日与他进茶山，才明白他说的是油桐花。

茶山之行

甯家老宅

到甯家祖宅时，村子里还亮灯的住户都没几个。甯君停好车后，一拉卷帘门，声音特别刺耳，扑面而来的就是茶香，还有一条雪白的狗狗前来迎接。进门后的大房间里放着做茶的机器，空地上一摞摞的编织袋，应该不是装的茶叶，但整个屋子有浓浓的茶香。绕过一个小巷道，才走进院子里，且听见潺潺溪水声。我放下行李，见甯君去堂屋开灯，整栋楼是纯木质结构，看得出来是祖宅的主体部分，而两旁的楼房都是后来新建的。

堂屋里摆着一张大茶桌，配了竹椅、根雕椅，左侧一对大花瓶给屋子添了富丽之色，屋子由好几根大柱子支撑，有柱子的地方大多贴了春联。甯君见我在参观屋子，主动说起祖宅的往事，他说就我看到的这些大柱子现在也不好找到了，当初修厂房时原本可以把这边推了打通一起，那样厂房的空间就很大，但他舍不得，终究觉得祖宅才是家，外面买多少房子都不作数，坚持把祖宅留了下来，厂子小点儿都没有关系。次日天明，我到祖宅楼上走了一圈，楼上堆着许多杂物，最大的房间里摆了神龛，里面有一尊小小的观音像，还有一张放大的遗像，裱在相框里，摆在观音像的旁边。相片中是个中年妇人，梳着两个小辫子，相片的旁边贴了一张红纸，上面写着：慈母某某某之香位。我想那应该是甯君逝去的母亲，拍照时人还年轻。

夜里甯君住楼下，我住二楼靠小河的屋子。甯家人常年住在城里，这祖宅虽然地方大，但主要是为做茶之用，平日里也只有甯君做茶时回来住，屋子里灰尘很重。简单地铺好床，便和衣入眠。山里蚊虫多，睡前特意检查了一下纱窗是否关严实。抬头看了看天，弦月如钩，星辰明朗，耳边的虫鸣大约一夜也不会停歇。

早晨听到流水依旧，有人在窗下锄地，锄地的声音很沉实，一记一记比打豆子还戳人。多年前读的书里，一面山，一溪水，一方地，大概就是这样的。只是而今我当风景看，早已没有什么归宿之求。看天色还没完全散开，自觉起得比往日早，靠在

早晨听到流水依旧，有人在窗下锄地

窗边梳头，这才清晰地看见，果真是一条小河绕村而去，近处的平地上大多种满了蔬菜，对面还有一户人家，靠着一丛南竹林。小河的旁边有一条窄窄的柏油马路，通向很深的山间，遥遥望

萱草

去，那些山上几乎全是茶树。

本来还琢磨早餐吃什么，翻了翻袋子里还有牛奶，想就这样打发掉，没想到下楼时，桌子上已经摆好了饭菜，当然都是甯君的功劳。他起身比我们早，煮好稀饭，炒了茄子和鸡蛋。桌上还有一大盘萝卜干，之前在茶行我也吃过同样做法的，这应该是甯家平日里常备的下饭菜。

饭后大家轻装出行，去茶山闲逛，我怕山里露气重，还特意把布底青鞋换成胶底帆布鞋。果然走的就是我在楼上看到的那条公路，路并不宽，小型机动车行驶没有问题，是村里人分摊着修的，主要是为方便管理茶山。一路上除了我们仨，家里的小狗狗也紧随其后，一直和主人家追闹，清静的路途中多了许多欢笑声。原本以为在市区看到的栀子已经很繁盛，没想到乡间里栀子花更是随处可见。溪涧边上，几枝白花摇摇曳曳，真是临水照花的情景。栀子花香气本来浓郁，被山风和溪水滤了些去，更令人感到清爽。途中还多次见到油桐花，那些花树大多又高又粗，比我在蜀中见到的壮观许多，好些长在深山里，要爬上山才能近距离看到，路旁就近的是小棵的。有一棵很壮的，长在半坡上，花

金银花

枝斜斜地伸向路边，呈现出弯弯的弧度，空气里着实有些微微的风，但油桐花也真禁受不住，簌簌落得厉害，树下的干草上覆了一层又一层落花。我越过路边的小沟渠，走到离树木最近的地里去，真能听见花落的声音，脚边有一丛丛的夏枯草、金银花，沟渠边上还有黄色的萱花成对而生，覆盆子更是挂满枝头，但平日没有人摘来食用，果实全掉地下烂掉。

将要到甯家茶山时，有一截上坡路，我喜爱植物，看得慢走得慢，一个人掉在后面。那时有一对夫妇正在不远处平旷的茶园里劳作，俩人都弓着腰，身边放着小水桶，大约是在浇水。那一男一女隔着两行茶树的距离，不远不近，不言不语，只是世间一对普通的夫妻，很寻常的日出而作，耕园而食。或许他们很早就

浇地

起身了，在蒙蒙亮的清晨，来不及动锅碗瓢盆，先去屋檐下挑着水桶往茶园赶，要在太阳完全出来前把地里的活做完，然后才能回家生火煮饭。我不认得他们，也并不想写什么对田园牧歌或是男耕女织的思慕，只是那青翠山色下双双俯身的影子，令我回忆起舅舅与舅妈。乡下人干活大多在清晨和傍晚，因这两个时间里天气不热，人、土地和庄稼，都经得起翻腾。他们常是一起下地的，或锄地翻土，或浇水除草，回来时可能一前一后，舅舅先回来了，舅妈还在地里，她要顺便摘点当季的蔬菜回来做饭。

山河四处是幻影，我眼前有青山如旧，睹物思人，要说是闲愁就有些轻薄，可也说不上多么深的想念。我对于黄泉之下的人事没有什么执念，想起过世的舅舅，心里并不觉得哀伤，只是有些他扛锄头和担扁担的背影，在记忆里日渐弯曲。我又是对尚在阳间的深情也欠缺贞亲的人，只能尽力独善其身，不成为他人负累。

路过一株又一株的油桐树，才走到茶山跟前，那山看起来有些高，慢慢走上去倒也并不觉得

途中见到的山景，茶树几乎随处可见

茶树发的新芽

水边的野栀子花

随处可见的野花

累。友人手里拿了根尺八，站在视野开阔之地吹曲，狗狗就在她脚下摇着尾巴。甯君蹲在地下扯豆叶，据他说他们家的狗要吃，我仔细瞅了瞅，有点像扁豆叶子。尺八的声音有些呜咽，从弱到强，在山间徘徊。一人一狗，在崖边上一站一蹲，甯君在一旁默默无语，专注扯豆叶。他们的确有些古诗的意味。

兴尽而归，在老宅饮茶解渴，茶盘上多了一捧我顺路带回来的栀子花，花器是甯君翻出来的竹筒，正好合称。地里没菜，午饭我们只把剩下的一个白萝卜切丝炒青海椒，又将多余的辣椒单独炒成一盘菜送饭，草草果腹。

在甯家老宅，除却茶山，令我难忘的还有村口的兴隆寺。那庙子很破败，所有权是村里的，村民们信仰深厚，一直请了师父在庙里常住。听说住着一对师徒，师父最近云游去了，只有小和尚一个人看家。我们去时是下午，江风拂面，塔边有年生久远的枫杨树，石墙缝中虎耳草开

高大的油桐树

野果

将路上折的栀子花插在竹筒里

村庙

村庙门口

着白色小花，旁边有开败了的月季。门口张贴着化缘公告，端正的毛笔字。未进门就听见连续不断的木鱼声，待轻手轻脚进门却没见到人，侧身后才看见个年轻的光头背影，正是甯君说的那个小师父。

大概平时少有人来，天也热起来了，他只穿了件俗家的短袖，在精进地诵经。我们没有打扰他，心里有种感动，这样的村庙里，一个人能如此坚持，真是不易。转一圈后回到门口，想捐点功德却不知道功德箱在哪里，又不好意思打扰小和尚念经，就站在旁边听着。一会儿他合上书，回头对上我们的眼神，又见我道装打扮，颇为惊讶，问我们从何而来。我这才看清他，是个稚气又清秀的青年人，说话也轻言细语的。互相见礼，我们捐了功德，浅浅告别。人还没过桥，耳边又传来嘟嘟嘟的木鱼声，小和尚又在做功课了。

远游让我丢下许多贪恋之心，见到造化无穷之功。想起雨夜里来的老修行说，他年年遣徒弟下山走一遭，就是不要对一个地方产生眷念。日子过久了，好与不好都难免成为习惯。

村庙外的溪水

仲夏夜，一片蛙声中，缓记云游之事。文既已成，蛙声渐悄，始觉足底略有凉意。文字终究不能完全，只挑了些还算记得清晰的，像流水、锄地声、栀子花、桐花、扯豆叶、尺八声、夫妇、夏枯草。我写这些，没有什么可诉的俗情，只是对蔬笋气，瓜果味，始终不倦。

城中古观

端午节后，暑气正盛，但我难得下山，心心念念想把周围有意思的地方看看走走。甯君茶行里每天都有事，但他总是抽空陪伴我们，一路安排行程和饮食。作为异乡人，要想了解当地的民俗文化，身边有个本地人陪伴为好，否则走马观花，也只是多看几幢房子几条马路罢了。

那日用过午饭，甯君驱车送我们到一座叫“天上宫”的道观。这道观离茶行并不很远，在马路边上，交通便利，但大约是天气太热，我们落地后，一个游客都没见着。道观周围绿化做得很到位，很有闹中取静的意味，下车后一抬头，便看见一座气派非凡的大门。这并非夸大其词，看惯了蜀中的宫观——大多是自然奇巧之风，就地取材，虽是人工，宛若天成，人在观里也如人在山间。而眼前这座门楼微微高耸，满壁皆是工艺繁复的石雕，有皇家恢宏之格。大门处有一破旧化钱炉，算是现场最寒酸的物件。

天上宫看起来很像一座宫殿，匾额最是特别，和别处不同，用的是竖匾，上面雕刻有太极图案。道观用竖匾我还是头一回见。此外石雕上还有许多人物、龙凤、花鸟，窗花祥云图案更是变化多彩。竖匾下面有块横匾，刻有“鄞江聚秀”四个大字，道观的左右侧门上也有横匾，分别刻着“宁波”和“利济”，两侧石柱上有联，曰：“胜地钟华宏气象，奇峰远秀壮观瞻。”

顶着烈日想多看几眼门上的石雕，但光线晃得我眼睛有些疼，只能紧跟着甯君的脚步往里走，进门时摸了摸厚实的石鼓门墩，砌得真是高。还看见两边挂

天上宫的外景，雕花十分气派

着长长的菖蒲和艾叶，想必是昨天才挂上的，可此处向阳，已经被晒得干酥酥的了。一进殿便看见台阶上供奉了妈祖神像，神龛上还有一尊木雕斗姆，最奇的是这座妈祖像和她左右的护法是由同一根含笑木头雕刻而成的。

后来我查阅相关资料，得知此处是闽北最大的妈祖庙，始建于康熙三十八年（1699年），至康熙四十八年（1709）竣工，耗时整整十年。道观供奉的主神妈祖原名林默，是我国东南沿海、东南亚等一带信众心中的海上守护神，通常供奉她的庙叫“妈祖庙”“天后宫”“天妃宫”，但此处叫“天上宫”，和这座宫观的选址有关。天上宫建在有“中国岩茶第一镇”之称的星村镇，位于崇阳溪支流之一的九曲溪畔。传闻九曲溪是九曲银河，能通往天界，因此建在星村镇的妈祖庙被当地人视为妈祖的天上行宫，遂称“天上宫”。

天上宫占地并不大，进门后主殿一览无余，仍旧没有一个香客，左边有个老妇人守着香烛纸钱摊子。中庭空旷，也没有摆放太多花木，我与友人从右手边的台阶上走到蒲团前，沉心静气磕了头，这才开始慢慢看周围的陈设。转过身时，先看到一面影壁，上面刻有碑记，隶书小楷，金灿灿的，立上的年代不会太久远。甯君所言有限，此处要说建筑，我也不太看得出什么名堂，对眼前的碑记更有兴趣些。来一阵子，地方只有这么宽，总不能这样看过就打道回府。碑记并不多，我挨着看下来，并拍照作为纪念，兹将碑文《重修天上宫记》抄录如下：

武夷山，神仙窟宅，道教十六升真玄化洞天，华夏仙都。道书云“登仙者，当在天台注册，武夷换骨”，为历代名家养生登真首选福地。天上宫坐落星村九曲之畔，志书云：“星村者，天街之参毕也；九曲者，星河也。”故曰天上之宫，祀奉天

小小的院子里看高高的天

上圣母妈祖元君。宫宇始建于康熙三十八年，重檐翘脊，雕梁画栋，雄伟壮观。宫殿门楼，嘉庆时赐建，砖镂细刻，龙绕凤舞，美轮美奂，兀显妈祖之尊崇，号行宫之冠首。宫务历来黄冠主持，晨夕诵经礼忏，祷文祈言，信众熙攘，香火延绵。圣母诞辰，绕境踩街，万民空巷，燃灯焚香，竞相朝拜。然岁月沧桑，经历文化浩劫，近代宫宇荒芜颓败殆尽，似遭权利侵夺，险被拆除，幸逢国昌道兴，圣母显灵，岁共和辛巳，桃源道观焚修弟子感戴厚德，承负重修之责，冲破阻力，不辞劳倦，十方募资，幸有所成，今琳宫轮奂一新。神迹威赫，护国佑民，恩泽群黎。道历四千七百零六年，宫门弟子林信涵、李信戭、赵崇觉沐手拜撰。”

这篇碑记开头讲武夷山在修道人心中的神圣地位，得道成仙之人必须要在武夷山换骨，这个说法很有趣，以前并不知道。文中大量笔墨描述天上宫曾经的辉煌，一句岁月沧桑，带过了一段艰难的岁月。而今宫宇得到修复，初具规模，当地信仰浓厚，应能重现昔日荣光。我读完碑文，见守香摊的孃孃身后有个小门，估摸着是个陪殿，便示意友人一同进去看看。走进去后，地方不大，略显局促，里面供奉的是文昌帝君和财神，很巧的是我常住的道观主祀文昌帝君，如此因缘，自然要好好拜拜。参拜后，我们立在庭院中，也没有挪动脚步，香烟缭绕，缓缓飘到梁上，日光静好，好像在另一个世界。

文昌殿和财神殿前挂着红纸，或许是上一次做法事留下来的，纸下的花边已经脱落

殿堂里的盘香

香烟缭绕，在日光下清晰可见

不知是何物

天上宫外的碑文，挑着篼篼的路人

道观外的街道

香烧一转，我们静静地离开，殿外似乎不那么晒，但眼睛仍然很难睁全。门口有一条石子路，我们往右手边走了走，这才看见右手边还有个陪殿，但全是断壁残垣，地里有个工人在收拾砖瓦柱石。不知何人在颓墙外种了一排辣椒，白花低垂，青海椒也挂了许多，番茄苗顺着栈子长，结的果子很小，有白青的和橘红的。

回程时，甯君特意绕了一条乡村公路，让我们可以多看看武夷景致。途中经过一道石桥，我侧身看去，地下江宽水不深，露出许多石子儿，隔着树帘隐约看见河岸停了许多竹筏。甯君听我们夸赞此处风景，减慢了速度靠边停车，带我们从一条小路走到

修葺中一角

河边。河岸种了许多枫杨树，树枝长得牵牵杂杂[①]，人走在地下一点儿热气都感觉不到。

我幼时怕水，在乡间时经过河流总不爱听水声，哗哗哗地流得人心慌，好像人也要被带走似的，大人去小河边钓鱼我也不爱同行，不敢太靠近边上，总觉得不安，成年后倒是莫名爱上大江大河，此刻漫步江岸，一点儿也不想有归期。岸上停着许多竹

天上宫塌掉的房屋

①牵牵杂杂，川方言，杂乱。

江景

竹筏

筏，有完工的也有半成的，所有的竹筏都由巨大的南竹做成，我虽见惯南竹，却也很少集中地看见这么多粗壮的竹身。听甯君介绍，九曲溪的竹筏漂流很有名，取材就是当地的南竹。

沐在晴光与江风中，不必慌慌张张奔什么前程，哪怕是一时片刻，我已是知足的。若他年再有闲时闲心，再来此地，当乘竹筏逆行九曲，以偿夙愿。

打车风波

冠巾时用的道袍、混元巾、青缉

故乡夏天的樱桃

记忆中的夏天，白衬衣和红裙子，已是很久远的事

我弟弟是个妙人，他小我五岁，却是个心性与他体重一般沉稳的少年。昨日傍晚我们讲电话，说起记忆中夏天的事，“煲一个下午的粥，老爸的啤酒，宅在家打游戏，西瓜”。这是他口中的夏天。而我的则是“头发绑起来，栀子花，蒲扇，西瓜”。我入山之后，他来过一次道观，是丙申年正月间我冠巾[①]的时候。那回他来，本不是特意看我挽发的，但却碰巧赶上。道人冠巾是大事，郑重程度可比俗家人的婚礼。我的冠巾礼庄严但不热闹，不像有的师兄冠巾时要请许多人观礼，法事结束后还要宴请好友。冠巾的头天夜里，我去客房和他聊天，他靠了个枕头歪在

①冠巾，全真道士正式入道的仪式。

道观丹房里，夏季插的荷花

山门外夏季有商贩卖莲蓬

床上，我就坐在床边上，记忆中，我们从来没这样谈过话。他问我是否打算这样终此一生，也问我顺应母亲的心意结婚生子是否真的如此困难，可有挽回的余地之类的话。我表明态度后，他也没有再劝。他最关心的是我老年后怎么办，当他与我说这个话题时，我忽然觉得弟弟长大了好多，那个幼年分别时因怕过于伤感而躲在柜子里不肯出来送我的弟弟，已经学着调和母亲与姐姐之间的关系，会为姐姐的未来担忧，也开始对自己将来的生活进行合理的规划了。

自入山，几年里再没有回过岭南，今夏观里杂务少了许多，早已作远游之计，提前与当家师说过后，批了小半个月的假。我刚上山时，弟弟才上大学，电话里他常说，学校天气很好，一年里大多数时候都阳光明媚，天格外高，不像四川总阴雨绵绵，看东西都不清楚，湿气又重，容易精神萎靡不振。他自出生后，一直随父母长大，长居佛山，语言和生活习惯皆随当地，对故乡的记忆，也只是回家念高中那段时光而已。那时他一个月中有几天归宿假，往往是回江阳的镇上，偶尔还会去乡下舅妈和姨妈家小住。看过的梨花、吃过的李子、摘过的辣椒，他偶尔也会拍图片给我看。当时我正在岭南上学，很有些故土之思。而今他在广东，我又回西蜀学道，似乎总是交错着却又紧密相连。他在舅妈家时，曾有一次给我打电话，是在菜地里摘辣椒，大约是晚饭舅妈等着用来炒菜，让他去地里选几个。傍晚露气重，他摘菜时裤脚都打湿了，在电话里和我说："姐，我正在地里摘菜，裤脚打湿了，忽然想起以前课堂上学的那句诗，衣沾不足惜，但使愿无违。"他看起来大大咧咧的，实则对生活有十分细腻的感知。

这次回岭南，主要是想去他读书的地方看看，答应了很久的事，但总是找不到足够的时间。出门的早晨我还在上清宫，那三

清早下山前，花园中所见

天里道观正在为纪念师爷羽化十周年做超度法事。早晨原打算多睡会儿，但五点多时师父就在窗外喊我起来念经，我才惊觉是初一，赶紧去殿堂上殿。饭后收拾好东西，匆匆与各位师父打了招呼，又去给师爷磕头烧香，就赶紧下山。要带的东西并不多，订的机票也是下午四点多，我想着时间充裕，在观里吃完饭再进城也不迟。头天晚上约好的“滴滴”，十二点多出发，怎么着也不会迟。我这么有条不紊地安排着，没想到头一次自己用“滴滴”就遇到一个“奇葩”司机。

上清宫的居士孃孃在纳鞋垫儿

本着节约精神，我选择拼车。十二点半左右，我去停车场上车，司机是个年轻小伙。上车后他打算去接另外两拨人，但车子开得越来越偏，他时不时看导航，但显然导航丝毫不起作用，我忍不住问他想去哪里，他回答是附近一个学院。我知道那个地方，赶紧让他原路返回，顺着我指的方向去，很快就到了。但他简直有个木头脑袋，明明到了学校门口，他偏要东绕西绕，又白白浪费了大半个小时。首先上车来的是两个女生，打扮得帅气的那位坐了副驾驶，一上车就抱怨司机，说她们都看见车子从眼前经过了，定位也很精准，搞不懂司机为什么要绕来绕去。她的抱怨自始至终没有停歇过，而司机的惊人之举还在后面。还有一位拼车的，也定位的是学院，这次我们让司机不要到处乱跑，就在原地等，倒也很顺利地接到了人，可一来竟然是两个。上车的还是两个女生，她们见座位不够坐时立即质问司机，她们订了两个位子，怎么不够坐。司机也郁闷，反驳她们说下单的时候确实是一个人，况且超载订单也无法通过，可两个女生把订单翻出来时，确实成功支付了两个乘客的费用。双方争执了好一会儿，谁也不肯让谁，而此时打车也不方便，不可能把其中一个女孩子扔在原地，想着路上没有交警，大家就超载挤了挤。

坐我旁边的女生长发及腰，化着精巧细致的妆容，身量纤细，声音也很温柔，和前排那位帅气的女生是一路的。我一上车就靠着窗户休息，她一直在发微信。本不是故意看她发微信，但那手机屏幕实在很大，而她也不故意回避周围的人，我一眼看见了微信对话框里的聊天对象，名叫“我的小祖宗”，起先我以为她在和男朋友发微信，可又一不

飞机上看到的云海

小心看见了聊天的内容，正是我们刚才坐车的乌龙事件。大致内容如下：

“我回家洗漱了就出来找你哈！”

“嗯嗯。”

“我下车就取消订单！”

“他怕要一直打电话给你哦！”

“我不接！哼哼。”

她发微信时，前排那个女生也一直在回微信，我从内容里确信了是她们在谈论今天的事。她们聊微信时，坐另一边靠窗的女生一直在和男朋友打电话吵架，大致是前段时间女生说了些气话，男生就当真了，女生见男生不理她后打电话过去骂男的脑子蠢，反话都听不懂。我边听边同情电话那头的男生，同时对他的智商很担忧，这种情况下，女生不需要他的解释，他只要道歉和哄就好了，还废什么话。这期间我也开始和旁边的女生搭话，她知道我是山上下来的后很吃惊，问了许多问题。这样聊着聊着，前排的女生也偶尔插话进来，大家熟了后她们俩也就不用微信了，开始了对话。

“你明天去上班嘛！不要睡懒觉了。”

“我就要睡！我坚决不去上班！我这两天哪天不是陪你，累死了！再说我去上班也是打游戏，去干嘛。”

“嗯嗯，好嘛，我错了。你还是去嘛，去打游戏。”

越往下听我越觉得怪异，到后面想不信都难，才明白她们俩关系亲密，且都已有家庭。打电话的女生还在和男朋友吵架，中间的女生睡得嘴巴都张开了。司机正专心致志开车，我一人扶着车把手，十分尴尬。

司机在进城后又一次彰显了他完全路痴的“才华”，兜兜转转好久，将两拨人都送到后，才开车送我去机场。令我无法相信的是，这是他第一次去机场，他连进去的口子都找不到，绕了

快落地时，能看到下方的海水

好半天把我放在了接机口。我也不想与他多费唇舌，拿起东西就跑，只希望自己不要误了航班。

坐电梯去三楼后，自动办理已经停止，在工作人员指引下我赶上了人工办理，卡着时间登了机。

常圆

年轻师兄穿着青色道袍的身影

穿着道袍下山，一路上很打眼，路人几乎都要回头望一望，在机场更引人注目。登机后，我坐靠窗的位置，放好行李，习惯性地把腿盘起来坐，看了看窗外，阳光还未褪去。折腾了半天着实很累，便开始闭目养神。醒来后空姐正给乘客倒水，我旁边坐着一位中年女性，很友善地问我喝什么，她接手比较方便。因这一杯水，我们说起话来。她看上去四十出头，应该比我母亲小几岁，微胖身材，但眼中很有神采，一看就是职业女性。她先小心翼翼问我："你是道士吗？"得到肯定回答后，她问了许多不失礼节的问题，最要紧的问题集中在我为什么有这样的勇气走这条路。我喜欢她和煦的笑容，愿意和她交谈，诚恳地说，人生短暂，我们应该尽力按照自己的意愿去生活，我就是这么简单的想法，其实也说不上什么多勇敢。她听后很赞同，说自己是佛教居士，很喜欢庙宇的清静，但很难做出长住寺庙的决定。她至今单身，家里的亲戚以及身边的朋友老是问她为什么不结婚。她认为自己独身也很好，有自己的视野、自己的空间，为何一定要走入婚姻呢。

这样聊着天，加上中途吃个飞机餐，很快便到达目的地。侧身子往下看，夜景真漂亮，海水弯弯，城市建在岛上，像黑夜中

夏天在飞仙观拍的一张办公桌，上头摆着电脑、电话、文件、经书等，真实的日常生活是一种奇妙的交织品

的星辰，怪不得弟弟很想带我坐船看夜景。下飞机前，我们互相告别，她祝福我能一直坚持自己想走的路，我亦祝她一切顺遂。人海之中，这样一场谈话的缘分，说深不深，但能这样单纯地聊人生理想和态度的机会，平日里反而是难得的，而在这高空之上，我们两个陌生人却熟稔地说起这些看似虚无缥缈但又令我们有切肤之痛的话题。

走到出口，一眼就看见友人在向我挥手。听说前几日都在下雨，一早才停，此夜也不闷热，我虽穿的是长袖，并没有任何不适。夜色中，周围华灯璀璨，人来人往大多是接机的，这样寻常的画面，我却几年未见。上车后靠在窗边，看着经过的地方，一路灯火闪烁，很温和的色彩，似乎还经过一座大桥，顺眼望去是无边无际的海水。我与友人说起一路的折腾：大清早起来念经，早饭后下山，回观里收拾东西，又遇到“奇葩”的司机，有趣的女孩子们，还在飞机上与友善的阿姨聊天，一直到此刻，放心地坐在车上，就像做了一场梦。开车的也是个年轻司机，非常温文尔雅，他在附近大学工作，听说我想喝粥后，一路帮我们留意有没有合适的餐馆，后来停到一处熙攘的街道，那里却都是牛杂肉丸之类的食物。他提议去他们学校，校园里有素粥，车程也不远。我们到学校后，友人下车买粥，车上便只有我与他两个人。他知我从山上下来，此时坐着也无事，他便问我从哪座山来，道观里日常是怎样的。他感慨自己的生活很不容易，不出来做兼职经济上就很困难，若是结了婚压力更大，这样想来倒觉得道人很洒脱，没有许多俗世的牵绊。我也只是听着，很难告诉他，每个人都不容易，大概没有人能不努力就过上轻松的生活。

友人买了两大盒蔬菜粥和一份花生酱拌面，我们打开吃时才发现煮粥的材料很像剩饭，都没有煮散开，还是一坨坨的，生菜也没有煮熟，好在花生酱很好吃，拌面味道不错。她在寺庙有相识的师父，此次我去，沾她的光，也借宿在寺里。大门早已关闭，我们从侧门进去，寺里的门禁制度十分严格，听说过了点里面的师父也都不准出门。门口值班的是个略胖的男法师，看起来很严肃，见我们站在门口，脸上露出一丝不满，说这么晚了我们怎么还要进去。友人连忙解释，

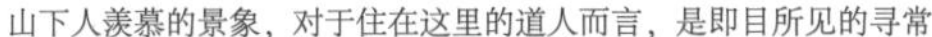
山下人羡慕的景象，对于住在这里的道人而言，是即目所见的寻常

山上的花开得总有一股仙气

说是某师父的朋友，才下飞机。他听了某师父的法名后，脸色缓和下来，这才放我们进去。夜里看不清楚，只觉得周围的建筑高大宏伟，此前便听友人说起这里，设施一流，管理先进，有许多值得学习的地方，我自山上下来，看惯了朴素的宫观，忽然感受到这样的气派，心里也很是赞叹。这里的师父们能建设这样好的环境给大家修行，背后肯定付出了许多艰辛。

客房进出都用卡，很安全，我们住在三楼角落，房间靠着背后的山坡，蝉鸣入耳，恍若不是在城市里。客房配套设施非常完善，被单蚊帐干净整洁，茶几上有新鲜的水果，旁边还放了许多纯净水、牛奶、八宝粥等客人日常所需的食物。我赞叹他们在细节上的功夫，例如洗手间里不仅有成套的洗漱用品，还特意放了水桶、面盆、洗衣粉、洗手液等，阳台上洗衣机、晾衣竿、衣架等一应俱全，可以说是把客人方方面面的需求都关照到了。

简单收拾后，我们将打包回来的粥喝掉，在车上时觉得很饿，东西真摆在面前，又眼大肚小，面条只能剩到第二天早晨吃。正收拾餐盒，接我们的那位比丘尼师父过来了。她进来时我只觉她浑身疲惫，个头并不大的一个女师父，穿着一件深褐色僧衣，袖子十分宽。她揣着手进门来，问我们习不习惯，又交代桌上有水果，吃完了和她说，如若赶不上斋堂的饭菜，桌子下也有备用的食物，还嘱咐我入睡时将蚊帐放下来，免得有蚊虫……让我想起林黛玉初进贾府，王熙凤拉着她的手说：“妹妹几岁了？可也上过学？现吃什么药？在这里不要想家，想要什么吃的、什么玩儿的，只管告诉我。丫头婆子们不好了，也只管告诉我。”真真像极了。茶几边上只有两个椅子，她坐靠门那张，我坐里面，友人坐在床边，三人闲聊起来。路上我听友人提了好几次这位女师父的法名，但只是大概记住了发音，并不知道是哪两个字，吃粥时我心里估摸着人家会来问候一声以示礼节，我便特意问具体了。

女师父的法名叫“法圆”，友人通常称她“法圆师”，我听到是这两个字时，有种熟悉感，少年时读林清玄的散文《法圆师妹》，里面的女主角是个比丘尼，她的法名就是法圆。那篇文章我记忆很深，讲的是一个自幼被父母遗弃在庵堂门口的女子，被师父收养长大，自然也在庵里出了家。庵堂附近有驻防的士兵，有一回一些士兵去偷看庵里的师父洗澡，班长知道后责罚他们。因缘际会，班长认识了法圆，他们见面时，班长问法圆叫什么，她说：“法圆就是万法常圆，师父说就是万法无滞的意思，要一切圆满，没有缺憾。”她正在果园里看荔枝花，对班长说荔枝花有一种特别的香气，闻起来像檀香但比檀香好闻。他们本是干干净净的见面与交谈，但被部队和庵堂里的人知道后，就是不得了的大事，更何况彼此之间确实已有情愫。法圆从出生开始就在庵里长大，没有经历过外面的岁月，而班长还未退伍，两个人之间怎么也看不见未来。法圆下定决心，让班长带她走，但是班长犹豫了，过了半年再回来，庵里已经没有他要找的人。又过去许多年，班长都快忘记那段往事了，某次在一个小旅馆里，他碰见做服务生的法圆。然而啊，当年都没有足够勇气去做的事，此时又如何能做到，不过是一场略带感伤的重逢。

现实中的法圆师端坐在我身旁时，自然不知道我脑中已经过了一遍这个故事，她面容娇小但饱满，眼窝深陷，看得出平日非常操劳，笑起来时却不大看得出年龄。她与友人相识已久，谈起话来不拘束，我因头次见她，并不说太多的话，只是静静地听她们说。从她们聊天的内容中，我大致得知，法圆师是本寺常住师父里唯一的女众师父，来之前她才开过会，寺庙在做修建，管事的师父们深夜还在谈事。她被大和尚请过来，是因为她学的专业是建筑，以前也有工地上的经验，来这里能做很实际的事。她出家较晚，出家前还在知名的媒体做过主编，在社会上也是风光一时的人，积攒了很多资源与人脉，入空门修行后当然要给庙上多做事。日日操劳，倒是比出家前辛苦百倍。她说这些，我是很懂得的。她说起自己做净人[①]时的种种艰辛，和我们刚入道时的情形所差无几。通过交流，感觉净人与小道徒很类似，是一个考核过渡阶段，都要做最基本的杂务，很多人在这一关就挺不过打了退堂鼓。

这样散漫聊着，不觉夜更深了，法圆师知道我们旅途劳顿，也不再多留，起身告辞。我洗漱好后倒床就睡，感觉才躺下不久，就听见窗外传来钟声，忽然意识到佛教寺庙里早课的时间很早，听见钟声那会儿，大概也就三点多钟，待僧人诵经时声音更大。次日问友人，才知道他们的殿堂都用麦克风，主经的师父也总是那么几个人，磨合得很好，声音听起来很相似。寺里常住的僧人有七八十个，普通僧人每日没有别的事，主要就是负责念好三堂经，其余时间就是学习和修行。他们有一套科学的管理系统，整个寺庙的硬件也非常现代化。

醒来已七点过，比起自己

①净人，寺院中，未行剃染而服种种净业作务者。又称道人、苦行、寺官。起源于印度。禅林中，于僧堂给侍粥饭之职务；或浴室之行者，亦称为净人。

常住的道观，这是睡了十足的懒觉。穿好衣服后，站在后面阳台上看过去，果然是一座小山，还有一株很大的玫红色三角梅。昨夜洗完澡匆匆忙忙搓的衣裳，经一夜后便干了，这一点让我确信，时隔三年，再一次重踏“故土”。住在山里时，我与弟弟聊天，经常说的话题就是天气，山里雾气重，衣服晾晒几天都很难彻底干，平日里收了衣服还要放在烘干机里烤一下，这一点令我分外想念岭南，尤其是这样的夏季，洗衣服真是方便。那时夏夜，母亲总是等我们都冲完凉后，才将衣服分门别类地放进洗衣机，有时我会陪她出门散步，走到半山坡上，回来时衣服就洗好了。如果不出门，晚上又不能等那么久，通常是次日父亲和我起来晾。

背着蓝色书包穿过寺庙的重重殿堂时，脑中闪现的就是这些往日的点滴，路上也大致看清了寺庙的整体结构。夜里光线不好，我连自己住的是什么楼也不清楚。此时阳光明朗，廊上静悄悄的，走了好久才走到大门口。直到走到山门的牌坊边上才回头，寺庙真是气派，用金碧辉煌形容并不为过，饶是人站在外面，也可以看到殿堂里面一片金光闪耀，装潢想必只会比外面更讲究。

我们姐弟

1

寺庙修在山上，离市区较远，与弟弟所在的学校是完全相反的方向，车费稍贵，但司机服务态度很好。一路上我歪着头看窗外的树木，最多的是红色鸡蛋花，此外还有黄槐花、扶桑花、青芒树。不知何时，车窗外飞起像纸屑一样的白色物体，又有点像棉花，轻飘飘的，很是好看。我探头问开车的师傅，是什么东西，这么好看。他也不知道究竟是什么树木带来的，总之年年此时，市里都四处纷飞着。光碟里放着粤语歌《摘星的晚上》："谁人才能够，如何才能够，长伴你一生之中的晚上，一生都感到庆幸从此遇上，燃亮我所有希冀和盼望……"

自从大学毕业后，我从未回过岭南，要说是多么日久年深的事，却也算不上，只是这中间发生了太多事。这一路，看了看，想了想，不多时便看见窗外有辽阔的大海，天不算太蓝，但视野很清晰，能看到远处就是海天相接的样子。弟弟在读的学校沿海而建，后面靠山。校门口很好找，下车后我给他打电话，他撑伞立在门卫边上荫凉的地方等我，见我后也没有久别重逢的激动，就是淡淡地打了招呼。等我登记完身份证信息后，问我要不要打伞。我见太阳很晒，便把伞接过来，走路时特意撑高点，好把他也遮住，他连忙摆手说不用。

到学校时，正好是午饭时间，但弟弟说此时学生刚下课，食堂会很挤，我们可以慢慢走，去看看荷花。他言语之间有些愧疚，说本来很想带我吃好吃的，可是附近确实没什么好吃的素食，想来想去还是食堂比较方便。校园里巴士来来去去，学校占地面积很宽，学生出行都要坐公交车，也特意介绍了等会儿我们会去的食堂，据说学校食堂有七八个，八大菜系应有尽有，环境很不错。我悠闲地听着，眼神落在眼前的夹竹桃、扶桑花、凤凰花上，校园里种了许多粉色的夹竹桃，我特意站在一棵花树下留影。重瓣扶桑四处都是，凤凰树很高，红色的花如红云绕顶。这样走着，慢慢走到了图书馆，我很想进去看看，但校园图书馆要凭卡进入，遂作罢。图书馆前有一大片荷塘，中间还修了许多石墩，大概是天气太热，又是吃饭的点，那么大的地方，就只有我们俩。

扶桑花

凤凰花

荷叶的清香在烈日下更明显，这一带的花还开得不多，有些开着的，也在湖中间，离我们很远，走到旁边一个湖时，满池荷花，男生女生在拍照，俩人都很清瘦，男生穿着白色短袖，女生穿着小短裙。我走到边上，可以近距离地看到好些舒展开的荷花，边上的花坛里种的是扶桑，花朵硕大。弟弟话很少，只是一路跟随我的脚步。闻此花叶的清气，令我想起两年前俩人在山下看花的情景。

过去寒暑假就我们俩在家，

我煮饭他洗碗，夏季夜里一起陪伴母亲散步。后来他回江阳念高中，我刚好大学毕业回家工作，两人相处最长的一段时间，大概就在那个暑假。一起走亲戚，一起赶集，一起进城买东西，每天晚饭后在镇子周围散步。我们镇子处于一个大路口，往上可以去山里，往下可以进江阳城，是个交通很便利的小镇，近年来村里公路也修起来了，下村子去也方便。我们不太喜欢走大路，灰尘重，通常是选一条村公路，走一个小时左右，常走的有几条，一条可以去舅妈家。路上有竹林、村庙、河流，风景极佳，但我们通常只走一半就折回，并不走到舅妈家去，怕她又去地里摘许多菜让我们带回来。还有一条路也是常走的，那条路通向我们的老家，也可以走到七姨妈家。

往中坝村走的那段路，以往我走得并不多。幼时在母亲娘家这边长大，很少和伯伯他们走动，一直就没去过几次中坝村。

夹竹桃

但我在中坝有很美好的记忆，是在念中学时。从镇子出发，往中坝村的路上有一个中坝水库，水库并不大，一小截临着马路，其余大多被竹林遮掩，水边供奉有山神土地，一直烟火不断；不远处有小卖部，暑假我到七姨妈家玩耍时，中午偶尔会跑很远到那里买冰糕。阳春三月，老师曾带着我们到水库边上野炊，锅碗瓢盆都带着，食材也自带，同学们大多都是在农村长大的孩子，做饭炒菜不在话下，水畔有豌豆花，正当时节。我做的是水煮鱼，在竹林下一刀刀片鱼。往昔

校园里的荷塘

的时光，一想起来就有竹叶的香气和水面清波。那时上头对学校的安全问题抓得很严，但老师们总是想尽办法，尽量带我们出门亲近自然。

等到我与弟弟常到那附近散步之时，水面已经没有过去那么清澈，周围有人开了片地种苞谷，苞谷杆长得密密麻麻，遮住了大部分视线，只看得见水库的一小部分。我带弟弟从堤坝上走过，到另一面去看水，给他讲儿时野炊的事，他是城里长大的孩子，对这些叙述颇有兴趣。记得那日，我穿着红裙子，手里摇着蒲扇，新买的鞋子有些打脚，后跟被磨破皮了，走得很慢很慢。

说来话长，都是陈芝麻烂谷子。我与弟弟经过荷塘，也并未走多长时间，一会儿就到学生食堂了。他们学校食堂多，但我吃素，找了半天也没找到特别合适的。后来看到有个窗口在卖东北饺子，便要了一个小份，有二十个左右，西葫芦豆腐馅儿，清脆爽口，还有蘸碟可以自己配料，简单舀点辣椒、酱油和醋，十分美味。弟弟打了两荤两素，才不到十块钱，看起来也很可口，我让他尝了尝我的饺子，他也说真是没想到如此美味，下回还要来吃，边吃边忍住伸筷子，让我多吃点。我像是饿过头了，吃得并不多，挪了几个给他，又夹了点他餐盘里的西兰花和几口米饭，吃得很好。吃饭时，弟弟忽然说："你看我们这伙食，我不长胖已经是万幸，就不要期待我减肥了。"我吃着饺子，深以为然，感觉以后再劝他减肥都有点儿难以开口。

饭后弟弟问我要不要喝糖水，我虽有心却没有多余的肚子可以装。下午我们计划去圆明新园——珠海的一个仿古景观。弟弟说里面其实没什么好看的，就是个大公园，但环境幽静，适合散步。时间匆忙，他也想不出更好的地方。我陪他回宿舍，途中经过几个人工湖，大约是前段时间涨过水，湖边的草坪里都湿漉漉的。我没有留心，打湿了布鞋前面的千层底，还沾了点泥土，很惋惜。湖边种有许多柳树，起风时枝条摇曳，弟弟帮我背着书包，我们并肩走着。像还在昔日，走在故乡的山里，他用竹篓背着西瓜和饼干，我们一同下乡走亲戚。

中午吃的素饺子

湖风吹来，也是热的，我心中却很笃定，有活在现世的踏实感。以往我是个轻看世情的人，但住山这几年，恍惚明白了些什么，人活于世，固然有自己的追求，但身边的缘分，也应该多去珍惜。好比我和弟弟，离开故土后，再难有那样悠闲散步的时光。这会儿他还在念书，我过来看他一眼，说来不过是几个小时飞机的事，但行之甚艰。况此时的他没有尘劳，我们所言所想大多是总角之事和学生年华。再过些年，他或许就成了家，有自己的事业，再想有今日的闲暇，并不是很容易。

我似乎总是会提前感知这些无常，如人过河，流水从脚趾间划过，又不可能伸手去挽留，只能眼睁睁看着，只是从前我选择冷淡观望，今时更有惜福的警觉。流转于无常的因缘中，却不能就此沮丧，知逝水不归，更应安稳走过每一程。

校园里的树木

2

读彭焰的《岭南花木镜》，看到她写梅花。有几段很有趣味。“因着这一棵极大的白梅树，我便隐隐觉得她到了一户很好的人家生活。”又如：“晚上终于飘起了雪，与外公外婆围炉闲坐，闻得到瓶中梅花幽冷的花气。我将火钳架在煤炉上，在火钳上烤年糕。很快有糯糯的焦香弥散开来，年糕的两面渐渐都变作焦黄色，握在手里要呼呼吹气，咬一口烫着嘴。听着外面的风雪声，知道这样的时光很珍贵且难得，幸福得几乎有点凄清。”

因一株很好的花树，心生羡慕之情，觉得住在那里的人也很好，这样的心，我儿时也有。门口开着栀子花、泡桐花的人家，一直贫苦着，我也会觉得那里有香气。还有葡萄架子，让人艳羡。有个亲戚的院子里种了红茶花，他们常年不在家住，可花年年都开着，让人觉得有生气。至于雪天里，闻着白梅的香味，围炉吃年糕，我就没有经历过。彭焰是汨罗人，不知道她说的年糕是什么，是糍粑之类的食物吗？前年过年在外公家，亲戚们做了糍粑，蘸黄糖吃，一贯看重节气习俗的我，却一口也没有尝，现在想来心生遗憾。门口也没有什么当季的花树，倒是一地的南瓜藤，牵牵扯扯地长着。

彭焰还说她每年会去萝岗香雪看梅花，那里有青梅，也提到屈大均的《广东新语》，“自大庾以往，溪谷村墟之间，在在有梅。”读书时，老师讲岭南文化时总是提到梅岭古道，说苏轼入岭南时就经过那里，还种了梅树。“一树白花静立在院子西南角，像一幅新挂上的画。春日午后，一般人都是不歇午觉的。外婆在厨房炒黄豆，焦香四溢，我拎一柄小竹剑到院子里比划。”她写儿时的春光，谓之温淡清敛，除了李花，还有浅浅春草，莺莺燕语。我们道院里有一株李子树，是依着房子长的，树枝总是探到阳台里面来。

“后来去玉渊潭看樱花，也学当地人垂了轻纱遮面。凑到花前也闻不到香，满鼻尘土味。到故宫那天，一路行行停停，终于在承乾宫看到那棵著名的大梨树。”这里写的两种景致，都是听闻很久，却从未见过的。花花草草和瓜瓜果果，才是生活的常态。在这炎夏里，翻阅书中所写的岭南花木，就像人还在南方，还在那闷热的空气里，和弟弟在有嘤嘤嗡嗡蚊虫声的园子里散步。

弟弟知我爱山水和花草，最初我和他说要去珠海玩儿时，他头疼了很久，因为珠海是个很现代的城市，没有太多厚重的历史古迹，他不知道该怎么安排出行路线。珠海的岛很多，他本想带我去一个小岛，可以看海玩沙子，但去岛上至少要一天，我的时间不允许，后来择了就近的圆明新园。从校园出发，校车很方便，弟弟在手机上买了票，十几分钟就有一班车可以进城。在道观生活十分规律，如果没有别的事，每天中午必定要午睡半个小时，这次出门，接二连三的奔波令我颇为疲惫，大中午地顶着日头看荷花，也把我的头晒得晕晕的。坐的是最后一排，稍微有些颠簸，但我一上车，才和弟弟没说上几句话，便靠着他的肩膀睡着了。待醒来，车子正经过一道长桥，睡眼蒙眬中，又看见无垠的海水和灼热的阳光，弟弟也眯着眼睛，不知是否熟睡，他的睫毛很长，还像儿时一样。车上大多数人都靠椅休息，有一两个在玩游戏。

圆明新园建在珠海九州大道石林山下，是以北京圆明园为原稿，几乎原样复制在市区里，由“正大光明”“九州清晏”“蓬岛瑶台”“方壶胜境”等建筑群体构成。刚一下车便看到一个仿古大楼耸立在高楼之中，和之前到北京看过的皇家园林有几分像，但怎么看怎么奇怪，越看越有一股山寨气息。弟弟说：“就是这样了啊，珠海本来就没什么太多历史可言，修个山寨的，这样人们就不用老远飞去北京了。”我一听，确实在理。

仿古与现代

优点是不用门票，可以免费参观。我们往里走后，对周围的建筑毫无兴趣，毕竟在你看过真的后，再看眼前的，真的有些滑稽。但周围游客很拥挤，许多人跑到正大光明殿里去拍照，一路上都有穿着宫女太监服的工作人员邀请游客拍照。我与弟弟的步伐偏离了中轴线，走到边上较为安静又通风的回廊里，靠着柱子休憩。我腿脚并不痛，只是酷暑难耐，凉风吹着，根本不想再动弹，弟弟平日鲜少运动，一停下来更不想再走了。俩人这样呆坐了半天，想着好歹来一次，还是该去看看里面的景点。

入口处有许多卖小饰品的摊子，全国各地一个风格，路旁立着彩色灯装饰过的树木，想必夜里很璀璨。买了两支冰激凌，边吃边逛，没走几步，便看见天上又飘下许多白色的像棉花似的絮团，正是我此前在车上见到过的。这才亲眼看到树是什么样子，高而笔直，却没有挂树牌，仍不知道是什么名字。阳光从树缝中漏下来，那似花非花的絮团轻飘飘落在草地上，周围的人都很雀跃，伸手去接，我也接到一团，拿在手里仔细看了看，发现里面还有一颗黑粒，像果实。

再往里走，又有回廊，回廊外是大片的湖水，潋滟极了，但游客太多，我不愿去挤，手里的冰激凌又快要化掉，便又和弟弟坐在廊上休息。他的那支早已吃完，就看着我吃，问我记不记得幼年去番禺动物园，买到很好吃的冰激凌，才吃一口就不小心掉地上的事。这些事很久远，我并有什么记忆，但他竟然记得。我们还谈起五六年前，与父母到北京游玩的事，那时是冬天，我们去了故宫、长城、地坛、颐和园等地。那时的我疏离人群，缺乏家庭概念，即便是和家人在一起也少言寡语，只和弟弟比较亲，他亦不爱说话，我们常常是走在一块儿，不和大人们一路。无论是颐和园的冰湖，恭王府的回廊，还是地坛的柏木林，都有我们一起走过的足迹，这些浅淡旧事，似与如今的脚印重叠。

飞絮

闲聊时抬头见廊下有一株很高大的淡黄色鸡蛋花，树下有几颗大石头，石缝里都塞满了花瓣。离开岭南后，就再没见过此花，读书时校园内外都是常见的，本地的同学说可以用来煮汤喝，但我一直不知道究竟是什么味道。莞城人民公园里种了许多，还有那年在萝岗法雨寺做义工，每天清晨扫地时也能见到一株花树，舍不得把花瓣扫来倒掉，要捡许多放在石头上。

待我将手里的冰激凌舔完，我们又起身往外走。湖边停有一片游船，招揽生意的“宫女”“太监”也更多了。浓妆艳抹的女子穿着影楼装，脚下踩的却是运动鞋，手里抓着手机在讲电话，画风奇特。我俩迅速从人群中走过，走到一处小桥边，那水边种了好多高大的榕树，树干上的根须密密麻麻垂下来，像要努力地伸展到水里，光线通透，根须随风摇摆，水面和树干上的影子摇摇晃晃，煞是好看。再往前走，有一群年轻人在水边嬉戏，走近一看，他们在逗锦鲤。那一片锦鲤真是多，不用喂饲料，只要一拍手，鱼儿就成群结队地过来了。原本也没什么好看好玩儿的，我便也蹲下拍手逗锦鲤，被溅起来的水花打湿了裤脚都没发觉。

围着湖边走，是去“曲院风荷”的路，一路上有遮天蔽日的秋枫树。我之所以认识，是看了树牌，那棵树长在半坡上，树干像织了一张巨大的网，抬头看时根本找不到主干在哪里，灼热的

圆明新园的湖水

锦鲤

阳光在这里被遮挡得严严实实，四周的气息忽然凉了下来。途中还见到几棵波罗蜜树，之前只吃过果子，从来不知道波罗蜜树有那么高，水果挂在树干上，像一个个树瘤。波罗蜜长得丑，看起来和大地雷差不多，我从树下走过总是忍不住加快脚步，生怕那带刺的果子忽然掉一个下来，要砸爆头。一路草木葳蕤，蚊子自然也不少，我向来招蚊子，本地蚊子闻到外地新鲜血液，还不多吸几口？弟弟看我手上的疙瘩，有些自责地说忘了带花露水，又说可以在周围小卖部买一瓶，我嫌用不了多少，到时候又不能带上飞机，不想浪费，便边挠痒边忍着。

树荫

别的建筑都没看，我们径直走到“曲院风荷”。此处倒颇令人驻足，一则荷花池建立在水边，空气澄澈，二来四周修建有走廊，游人可以坐着歇脚，最令人欣喜的是恰好赶上花开的时节。还未走到院子里，便有清香扑面而来，栏杆上除了拍照的游人，还有一只瘦小的猫咪窜来窜去，长得是真丑，弟弟看了都忍不住说没见过这么丑的猫。我想，这么直接说人家丑，怪不好意思的，又摸了摸它。荷花池并不大，水也浅，但大概是这里阳光充足，花几乎都舒展了，比校园里的还开得繁密。池中央塑了个神女，通身白色，阳光下看着十分温润，因隔得近，眉眼也看得清晰，塑得很传神。

荷花对于我，说不上是挚爱，但与之有关的记忆倒是有好些。儿时有年暑假，一家人去山水荷花世界游玩。在那似乎怎么走也走不到尽头的花花世界里，晒太阳看花，还吃“荷宴”，是在一个开阔的亭子里，推窗就能看见满池荷花，最记得的菜是荷叶蒸虾、莲米炖鸡，母亲还说汤一定要喝完，不能浪费。我在小卖部买了绿色的小伞，一路都拿着玩儿，那时节非常热，不记得是几月份，总之是正好赶上盛季，头一回见到那么多的荷花。我穿玫红色小吊带，刚过膝的牛仔裤，皮肤黝黑。母亲带了相机，一路上拍下许多照片，洗出来的相片她都妥善珍藏着，等我们大点儿的时候还会翻出来给我们看，说我小时候长得像假小子，而弟弟那时也没这么胖，不知怎么后来就长得没边没际了。

园中还有许多景致，但我们从荷花池中出来，便不想再看。弟弟回学校还要一段车程，我也想早一些赶回庙上，到人家庙上做客，还是应该一起吃顿饭以示感谢的，白天法圆师忙着庙务，只有傍晚后才有空。早晨出门时

秋枫树

波罗蜜树

丑丑的猫咪

我们商量好了，一起吃素火锅，寺中有专门的素食餐厅对外营业，只是营业截止时间比较早，我不想误了事。在园子门口与弟弟分别时，他感慨我行程太匆忙，本想夜里带我坐船看夜景，我想起在飞机上上看到的夜色，心中也很遗憾，毕竟下回再在此地见面，又不知是什么年月的事。

回山时辰尚早，我这才慢慢参观了整个寺院，除了建筑恢宏规划有方外，寺中的文化宣传也做得很好，殿堂前的展板上有讲述供花供灯的意义，还有一个专门的“心灵驿站开放时间表”，上面有寺庙每周针对信众免费开设的课程表，内容涵括古琴讲座、经典诵读、书法讲座、答疑解惑、禅茶等，丰富多彩，能满足不同善信的需求。

上楼时遇到一个好心的居士，拿了两个斋堂刚煮好的粽子给我，我很不好意思，但她笑容款款，令人难以拒绝，只能顺意接受。那当真是我吃过的最美味的素粽子，里面包了红豆、香菇、花生等料，用的是实实在在的糯米，软软黏黏的，我都有点儿后悔为什么不多带几个，可以给弟弟尝尝。可见做人真是贪心呢，连粽子好吃也要贪恋几个。彼时殿堂里正在唱《三皈依》，那几句词我还听得很清楚。以前在寺庙里和师父们一起做早晚课，很记得的就是那句“当愿众生，体解大道”，道教亦有三皈依，是皈依“道经师”，词曰：“志心皈命礼，无上道宝，当愿众生，常侍天尊，永脱轮回；志心皈命礼，无上经宝，当愿众生，生生世世，得闻正法；志心皈命礼，无上师宝，当愿众生，学最上乘，不落邪见。”这些都是大愿。穿过重重殿堂时，耳边传来洪钟般响亮的诵经声，我想这世间到底还有许多殊途同归的人。

客房楼下转角处，有结夏安居的告示，白墙左侧挂着一块专门定制的木板，上面有烫金的“结夏”二字，旁边是红纸黑字，毛笔手写的方丈谕告，文曰：“奉和尚命，请悟和大师为首座，代监院；广益大师为首座，兼佛学班教授。方丈谕，丁酉年五月初一日。”看落款时间，也就这几日的事。

单想说说这位当家师，那日晚间，用过素斋后，我与友人去见了他，此行他给我留下了很深的印象。到寺庙的第一天，友人便与法圆师说，看当家师何时有

曲院风荷

一起走过的路

空，带我去打个照面，毕竟来此借宿，不能不声不响的。经友人善意提醒，我下山时携了几袋茶叶作为见面礼，以免太失礼数。吃完火锅，法圆师带我们去了另外一栋楼，第一层是接待室，有个胖胖的和尚与我们打招呼，还提醒法圆师有快递记得取，拐到楼上时，只开了几盏小灯，办公的人几乎都下班了。我扫了一眼房间，十分宽敞的一间屋子，被分隔成密密麻麻的格子间。再往里走，有个年轻女孩在加班，听法圆师和她聊天的话题，大概是近期有什么重要的宣传活动。从办公室规模来看，便可以想见整个寺庙的事务十分繁杂。

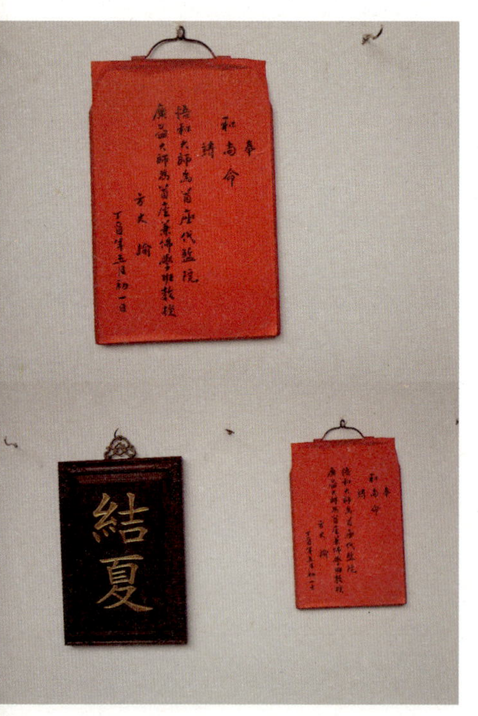

结夏告示

当家师的办公室在另一头，很清静，门口供奉了一尊高高的菩萨，两边绿植的叶子擦得干干净净。往里走，先看到的是大茶盘，右手边是会议桌，这些都是常见的，我格外关注那桌上的水，那水是寺庙定制的，名为“大悲水”，瓶子上全部是佛教理念的宣传。法圆师坐了下来，给我们泡了茶水，说当家师有客人，大约要晚点到。不多时，听到一阵爽朗的笑声破门而入，我顺声望去，正是楼下见到的那个胖胖的和尚，当家师随后而来。他个子高，修长匀净，耳垂肥硕，很有样貌，僧衣也穿出倜傥

龙船花

之风。我们已经站起来了，法圆师手里拿着紫砂壶，抬头向当家师介绍我。见礼后，他并非十分客套的人，坐下便开始问，我们路上可顺利，住寺中如有什么不便之处，都要提出来，不必客气。简单寒暄后，他问我平日修什么道，我笑言天资愚钝，只能吃吃饭睡睡觉。他听后又是一阵哈哈大笑。法圆师一直看着茶盘，不太接我们的话，待喝完两壶茶，我们也说得差不多了。临走时当家师很客气地提了许多茶叶和饼干给我们，我和友人很难为情，毕竟自己带的礼物那样轻，又如此叨扰，真是受之有愧。

回房路上，听友人补充当家师的故事。他出身好，家族企业做得很大，因母亲信佛，自幼就受佛学熏陶，出家前有做企业的经验，接管庙务后更得心应手，短短时间便把寺庙做得如此出色。海边城市风大，空气并不沉闷，很舒展。楼顶上弦月如钩，清清朗朗，月色照见火红的龙船花。这寺庙虽不比深山寂静，此时也有明显的蝉鸣声和蛙声。

3

前天小静发信息问我，西樵山高不高，她假期想去一趟佛山，顺便爬爬山。一个人对于经常所见的事物，往往缺乏足够的重视度，因太平常了。这几年未回西樵，此刻秋阳温煦，坐在这里一点点想起来，竟也有那样多美好的时光。第一次爬西樵山时，是在几岁？已记不大清楚。最早在山中留影的相片上，我皮肤黝黑，穿着玫红色的小吊带，大概是在念小学吧。那些相片里除了我，还有母亲、弟弟、老表、表弟，我们在山腰、大佛旁、湖边都有合照，母亲看起来比现在更白皙。

西樵是个小镇，但生活在镇上的人幸福指数颇高，很大程度上得益于当地良好的空气。我们家离山很近，晚饭后我常陪母亲散步，从侧面的公路散步到山间看灯火，那条路原本是供汽车行驶的，早晚游客不多，正好成为本地人的锻炼场地。远一点儿的路要从桥园上去，桥园是山下的一个公园，这几年有些冷清，过山车的轨道都生锈了，开碰碰车的游乐园也早已闲置。儿时每年过年父母总要带我们去玩儿，可以划船、打气球、扔圈圈，很多老人还专门去园子里喝早茶。有一间酒店门口种了一池荷花，安放着几只雕刻的白鹤。通往桥园的路旁有许多大榕树，我几乎每天早晨都和弟弟一起上山晨练，母亲开车送我们，一进桥园门口，她就要大口吸气，说草木的味道闻着真舒服。湖面吹来凉丝丝的风，这样的景色看了好多年，路旁渐渐修起许多别墅，园子渐渐冷清，政府在牌坊门口打造全新的景点。

母亲通常把车停在一个酒店门口，然后回去上班。我和弟弟

榕树根

慢悠悠地往上走，进门后有两条上山的路，一条远一条近，小时候我们大多爱走远一点儿的路，后来我更喜欢走另一条，因为会经过云泉仙馆，那是一个不大的道观，说起来我们经过多次，但只见过一次道士，大多数时候那个时间点只看到扫地的工人。云泉仙馆占地并不宽，依山而建，我没有进过大殿，殿前摆着两缸荷花，夏季开粉花，台阶下有个小池子，饮的是山泉，上下山的人都喜欢在那里绞毛巾洗脸。

观里供奉有吕祖，平日法事活动很多，我虽没有亲自到现场见过，但总会见到山门口张贴的告示。那告示上的毛笔字写得端正秀丽，我常驻足细看，逢年过节时，好些要钱的坐在门口对着路人喊“恭喜发财”，那些人看起来并不贫穷，眼神也不可怜，笑意盈盈的，其中一个阿姨认得我，见我每天上山，还主动和我搭话，问我上几年级。那时我对于寺庙道观之类的地方，有一种天然的亲近感和疏远感，这两个词听起来有些矛盾，在我这里却一直调和着存在。比如我每日都要经过仙馆，但从来不往里面走，只是远远看看，就又转身往山上走了。

现在还记得自在亭后的一些碑文，那亭子很小，要是人多我恐怕不太好意思上去看，有天清晨，我见周围没什么人，独自爬上去细细瞧了瞧那些诗文。其一写的是：“师儒学佛平居业，紫府何妨偶问津。三教虽殊皆大道，众生从一亦端人。重崖复涧清虚境，杂树兼花浩荡春。更喜竹边池苑在，洗心来就水洗漫。”署名“邑人潘新安”。其二是：“西樵何处长芝田，见说笼炭古洞边。幽谷养云时舞鹤，高兰拂日细鸣泉。山开三面飞崇馆，天与闲缘聚散仙。七十二峰归一念，虚堂深坐味玄玄。”旁署：“宝安李鸿烈，乙丑春日过云泉仙馆”。我很喜欢虚堂深坐四个字，当然彼时并不知道什么是虚静，只是有一种自己也不明白的神往。再朝前走的小桃源处，也有好诗文：“万千尘劫今何世，三两山居别有天。饮菊正思彭泽味，问津否结武陵缘。水流花放原无迹，石老松苍不记年。大字摩崖多髻鬃，遗音但听小云泉。”旁刻：“辛刻九日访小桃源，西樵山客周元咏。”

山间一年四季都是绿幽幽的，路上还经常遇到熟人，大家见面都会问早上好。粤人说爬山为“行山”，念杭音，弟弟在当地住得久，许多人都认识他，熟人相见偶尔会说：“今日又同你阿姐行山啊？”他生性腼腆，并不多话，也礼节性地和对方打招呼。走到半山腰时有一座坟，过年时有人去祭拜，坟前会摆上菊花。那是个拐弯处，我们常靠着栏杆歇脚，望一望山下，也并不是很高，看得见三湖书院和院前的池子，远处的湖泊、公路、高楼都一览无余，在那里我曾见过山苍子，花瓣细密，浅浅的黄色，野趣自然。

弟弟胖，走路总是气喘吁吁，但我若走快了，他也不让我等他，不多时自己就会跟上。拐过弯后一直都是上梯子，我不太喜欢休息，一口气爬到顶，抬头能看见南海观音的侧脸，天气好时阳光拂过她的金身，十分庄严。山顶景色甚美，有个小巧的天鹅湖，许多人在湖中游水。有段时间弟弟决心要减肥，我们到山顶后就分开，我围着湖边散步，他下水游泳。那样的湖放在乡下，显不出有什么特色，但对于生活在城市里的人而言，是个难得的休闲场所。白天去也没有多好看，一定得清晨，水雾蒙蒙之时，人走在湖中间弯弯曲曲的桥上，像赏画似的。

那条路我走了无数遍，大多是一个人，围着湖慢慢走着，凉风习习，天好时看着阳光一点点洒在水面上，荡漾起一圈圈的金色，远处游水的人拍打水面的声音，很远的地方都还听得见。湖边有个小瀑布，但常年没什么水，瀑布下的小水潭水质不好。尽头是个小型花园，里面种着许多白山茶，冬天我必定要去看，尤其是山壁间，人少的地方，大片大片花瓣飘落在地上。宽广点儿的平地上，有个老爷爷打太极，他打拳极慢，桩子很稳。此外还有一处景致值得一提，湖边种了一排水杉，春时绿叶慢慢发起来，柔嫩可人，夏季时又变成深绿，很沉静的模样，待秋冬来时，叶子刷刷掉完，煞是冷清。而今我住的地方，抬头就能看见水杉树，此时深山夕照，叶子看起来更黄了几分，这一两个月里，也要开始落了。

那条种山茶花的路，有个岔口通往南海观音处，再往上走就是验票口，晨练的人不会走过去。家人过年时会去山顶看花灯，庙宇宏伟，夜里灯火辉煌，似在天阙。有一年摆观音三十三应化身，每个花灯都有三四米高，五彩灯光交相辉映，形态动人。牌坊前有一个小水池，池中也要安放观音像，映得水面流光溢彩，一旁的大树上挂了数不清的红色祈福带，母亲也曾跟风想让我们一人挂一根，但那么一小块化纤布就要二十元钱，我们都觉得不划算。入道后见到处的寺庙道观都卖这种祈福带，对于内心有很大心愿的人而言，一二十元钱并不算多，系在树上后，似乎心愿就更稳当。文化仪式给人更多的不是实际功效，而是心理安慰。近几年周围修起来更宏伟的宫殿，金碧辉煌，夜里灯火不熄，有一回我陪母亲去散步，还遇到一个胖和尚。那寺庙里住着许多和尚，我曾经碰到过一次他们集体下山，一群和尚在街上逛，很引人注目。云泉仙馆旁边也有个白云寺，他们每逢过年还要举行拜太岁活动，寺前会有很多宣传语。我进去朝拜过，有个老人值殿，常住的和尚一般不怎么出来走动。晨练下来，常碰见一个年轻的和尚，他去寺庙门口的西樵饼店买早点。那时我还很好奇，出家人可以出来买东西吗，可以吃蛋糕吗，诸如此类的问题。后来想起以前这些疑问，自己都要发笑。寺庙门前有几棵凤凰木，夏季里花开如火，叶子在晨风中轻盈舒展，这些都给我留下安宁的记忆。

山茶花

观音莲花座下有很长一段阶梯，儿时我爱连跑带跳往上走，把大人甩得远远的，走到顶上的栏杆边向他们挥手。台阶上挂着一口大钟，新年时有人撞钟祈福，按次数收费。周围有几个小池子，里面养了许多金鱼，母亲曾站在水边看鱼，她一拍手，鱼儿就成群结队游过来，我们也跟着学，那些鱼真是痴呆，游过来又没有吃的，但还是每次闻声而来，或许是在碰运气呢，说不定哪次就能饱餐一顿。走到观音座下，除了感觉到大，不觉得有什么特别之处。观音要在夜里看，晚上观音像里面的灯全部亮起来，很远的地方都能看见，整个金身发出温柔的黄光。只要在镇子里住的人，在空旷点的地方，抬头一看，就能遥望到山顶的菩萨，这是很给人安慰的。

岔口有一口泉水，有些人专门提着空瓶子上山，排队接水回去饮用，我没有这样做过，只是偶尔用水拧毛巾擦汗。往回走时，要横穿湖水，那桥修得妙，曲折迂回，又建得不高，人走在上面，低头一看，水似乎就在脚下，想必湖水四季平稳，没有太大涨落。有一回冬季，那天雾出奇的大，只看得见十来步之内的人物，我人在桥上，前后无人，两头的路也看不完全，竟像踏在一截断桥上似的，天水蒙蒙，很有虚空之意。

转完一圈回来，通常还要再等等，弟弟才能游完泳。坐在水边的石阶上休息，面前的水上搭着一个演出台，白天会有舞狮表演，水上安着许多木桩子。远处游水的人起起伏伏，我就遥遥看着，身上的汗水已干，湖风拂面，整个人精神十足，岭南湿热重，身上汗出得不透容易长疹子，久了皮肤也容易堵塞，每天这样运动身体会更通透。弟弟一

青鞋

直想教我游泳，但我总说自己笨学不会，实则我也很想知道在水中浮沉是一种怎样的体验，但只在儿童区玩过，不敢往更深的地方去，水漫过胸口后的那种沉重感会让我感到恐慌。乡下多的是河流和池塘，但年年都有孩子被淹死的噩耗，大人们总是千叮万嘱让我们不要去河边玩儿，夏季涨水时我和大人去网鱼，也只敢脱了鞋在浅水处感受一下，水底不规则的石子儿硌得脚疼，我一只手扶着更大的石头，如此才觉得安心。大抵天生缺乏冒险精神，对于自己喜爱的事物，如果得知它们有一定的危险性，我就

毫不犹豫地打退堂鼓，做事也容易瞻前顾后。我真是个，并不多么勇敢的人啊。

和弟弟晨练，上山下山，现今想起来并没有什么特别可提的。去的路上母亲日复一日地叮咛，冰箱里还剩什么菜，中午我们可以怎么煮饭，下雨了要记得收衣服，花园里的积水得及时清理，人来敲门不要轻易开门，得给她打电话确认，这样零碎的话语。返程时我们在山脚坐公交车，一年四季的花木从公交车外匆匆掠过，夏天附近有荷花可看，弟弟会陪我去看花，特意走过几个车站。大叶榕要蜕一层叶子，绿叶如花在空中飞扬，光线时强时弱，我们有时候坐着，有时候站着。前几年回家，一个人爬山，去时不想劳烦母亲，自己坐车去山脚，特意多坐一站，到了弟弟念书的中学门口，那所学校就在桥园附近，依山傍水。那是我头一回到弟弟的学校，想着他从前是在这样的地方学习，真有福分。

在广东那两天，虽然匆忙，却是这几年里我们姐弟难得的相聚。清晨我从山上打车到拱北，下车后走了一截就看见他，他见我后连忙过来帮忙背包。虽然才八点多钟，关口已经排了很长的队，弟弟问我上次办的港澳通行证还在不，有空时我们一起去澳门玩儿。他假期时一个人去过，说是很安静的小城，学生制服好看，麦当劳居然不通宵营业。我口头答应着，说有空一起去，但

弟弟小时候，粉雕玉琢，眉眼像女孩子

海洋馆的动物

海洋馆的动物

心里知道，这次一别回山，再有假期也是年底的事。坐车的地方在关口附近，人流量很大，但秩序井然，空气也不污浊，没有看到有人在公共场所吸烟，这些都给我留下美好的印象。有一位验票的姐姐，拿着小喇叭维持现场，说话也轻言细语。上车后见窗外骄阳似火，连忙拉起帘子，和弟弟没说几句话就倒头睡着了，等醒来已经到达目的地。

海洋公园的门票很贵，我们俩人花了一千多块，但进入后就觉得票价是完全值得的。工作人员的制服色彩清新，说话甜美柔和，游客素质也好，没有插队和高声喧哗的现象。弟弟拿了地图后开始研究，问我最喜欢看什么。我们先把重要的看了，很多表演都有规定的时间段，得要合理安排时间和行程。最后决定重点去看海豚、白鲸、横琴海喷泉、海洋奇观。进门后头顶是一大片弧形的电子屏，对于就住山中的我而言，光线太刺眼。各色鱼儿在屏幕里游来游去，营造出身在海底的氛围，路旁是购物街，所有的礼品都和海洋有关。我们先去看的企鹅，和在电视上看的大企鹅不同，里面的企鹅大多都是小小个的，走路一瘸一拐很可爱。还看了黑熊、北极熊等，有两只熊打架，引来许多游客围观。看到有些动物孤零零地待在一个角落里，活动区域又有限，心里不是很好受。弟弟感慨，这些动物挺可怜的，这种娱乐产业总给人一种残忍的感觉，

鸡蛋花

水母

但市场如此，也没有办法，况且自己还不是来消费了？

看海豚表演时心情好了很多，我惊讶于现代科技的发达，场地的布置是不遗余力地让游客身临其境，还原度很高，主持人又善于活跃气氛，和观众有不少互动环节。出来后日头正盛，粉红色的鸡蛋花随处可见，横琴海的大喷泉一直在洒水，站在边上特别凉爽。我最喜欢的还是海洋奇观，成千上万的海洋生物在水中游来游去，除了鲨鱼和海龟，其余的我也不认识。水母馆设计得有趣极了，五彩的灯光轮换照射，原本透明的水母变幻出不同的色彩，在玻璃缸里缓缓浮动，有些水母不动，就趴在水缸边上，这时候就可以清晰地看见它们的身体结构。

表演很好看，但我们又有些郁闷，怎么解决中午的吃饭问题。整个海洋公园里全是快餐，进园后我与弟弟先去了汉堡店，他吃了一个套餐填肚子，我吃了

企鹅

一罐水果沙拉，就是几块西瓜、哈密瓜、火龙果、圣女果而已。到中午时我们好不容易找到一家面馆，但都是以海鲜为主，而且面里没有菜叶子，很小的一碗要七八十块钱。我忍受不了饥饿，和弟弟一人叫了一碗面，我吃拉面和香菇，他帮我吃掉墨鱼丸。吃完两个人都不想动弹，我趴在桌上休息一会儿，不多时听见外面一片欢声笑语，抬头一看是热带雨林表演，许多人穿着草裙化着古怪的妆容又唱又跳，弟弟知道我对巡游没有兴趣，让我再睡会儿。等我醒来已经两点半，其他许多没有看的景点也不想去了，打算四处走走散散步。围着横琴海周围没有目的地逛着，刚好海上有表演，冰火两重天，又是喷泉又是火山，水上到处都是飞人，看得我心惊胆战。晚上还有焰火表演，想来是很美的，但我连日来太劳累，想趁早回去。

海豚表演

水中过山车

坐车回到拱北，时辰尚早，弟弟问我要不要再吃点什么，他知道我一天都没有吃好，我说不用麻烦，还是回庙上吃，晚上约了法师。离别时没有什么伤感，他让我到后给他发短信，简单地挥了挥手。但今时我想起来，又很永恒的样子。他胖嘟嘟地立在那里，一手揣在牛仔裤里，一手挥动着。

垫肚子的午餐

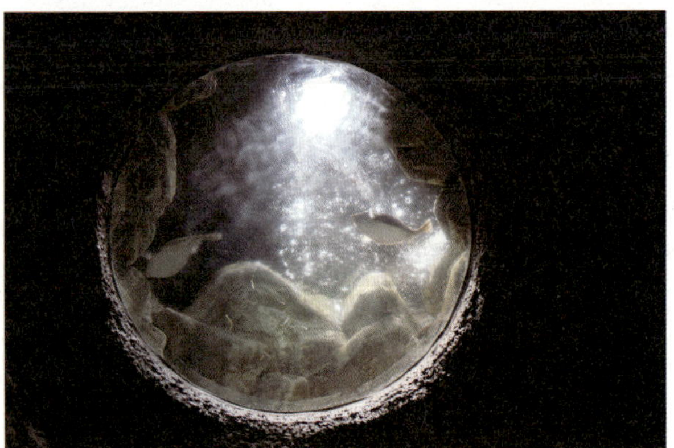

头顶的鱼儿

横琴海的喷泉

拱北口岸

我们在这里分别

八月初九，难得的晴天。晚饭后在道观周围散步，见四处攀爬着首乌藤，首乌开白花，很小一朵，花呈五瓣，中间还有黄色的花蕊，前天见斋堂的竹篮里也装了一大捆，不知有何用，我只知首乌的根部可入药。地上有许多官司草和狗尾巴草，儿时小伙伴常用官司草“打官司”，把两根草绑在一起，互相使劲儿拽，谁把对方的草扯断谁就打赢了“官司”。秋天的狗尾巴草有些枯黄，加之又是傍晚，看起来无精打采的，因它土气的名字，我一度并不很喜欢，几年前回乡下，夏季的清晨在村子周围散步，那毛茸茸绿幽幽的草上挂着冰洁的露水，却很惹人喜爱。

狗尾巴草是天然的逗猫棒，我给观里的猫买的玩具它都不喜欢，但只要拿狗尾巴草在它身上挠痒痒，它必定要跳起来抢夺。《诗经》里有一句“好言自口，莠言自口”，意思是好坏都是出自一个人之口，这里的莠就是狗尾巴草。还有一词叫“良莠不齐”，良本来指的是稂草，二者都是顽强却又不被人重视的杂草。小时候我们常把鸡冠花和狗尾巴草并提，相比于栀子花、木芙蓉等清雅的花朵，它们的名字和样貌都不得孩子们喜欢，男孩子们说一个女孩子长得不好看，就说对方像狗尾巴草。

路边还有许多一年蓬和鬼针草，一年蓬开的花有点像小雏菊，我曾经摘来插瓶过，夜里它们会睡觉，花瓣全面合拢，一宿过后，它又随着朝阳苏醒，但我并不把它们摆在房间内，花瓣里面容易藏小虫子。鬼针草清瘦，叶子单薄，深黄色的花总是半开不开的，师父说此草可以治疗高血压，我们散步时她常常扯一把带回去煮水。斑茅也是很常见的，直冲冲向着天空，白色绒毛随风而荡，看起来颇有些荒凉，这种草在城市里不多见，郊外很多，江边上也容易生长。我乡人说，斑茅爱长在坟堆周围，是和死人沾边的东西，听起来就多几分鬼气。放学路过丛林时，我曾经折过几枝带回家。大人说不吉利，下次不可再这样。在去七姨妈家的路上，我曾和弟弟看过大半片山的斑茅，正逢山雨欲来之际，乌黑的天空下狂风骤起，茅草翻飞，白花花一片压过来，弟弟说像末世的景象。腊莲绣球渐渐谢了，紫色的花瓣褪得干瘪瘪的，听闻上清宫门口长了许多。有一位师父拍了图片，以为是高山杜鹃的一种。

道观背后的山上住着一户姓高的人家，两个老人搭个茅棚在那里，还养了两条狗。我经常见高老爷子种地，他又瘦又黑，但翻起锄头很利索，门前空地一年四季轮番种着菜籽、豆子、玉米、油菜薹，此时豆子刚收下来，倒挂着夹在竹竿上，旁边还有些玉米秆没有砍，空地里又撒了新的菜秧，有点像小白菜。

散步回来写这些，将在广东和弟弟一起度过的时光记录了大

狗尾巴草

高家的菜地

高家收的豆子

概。最初没想过要写，觉得太平常。就像我们姐弟在一起时，更多时候就是不言不语，用母亲的话来说，我们都是比较木的人。我曾经以为，无常的悲哀是眼睁睁看着火山喷发似的剧情轰轰烈烈谢幕。当自己用心感知和亲友之间的平常点滴后，才知无常之所以戳人胸口，源于它其实是许多寻常事物的流逝。

道观里的猫咪在晒太阳

第四章 回首烟云处

秋堂风露月初弦。望灵源。隐珠躔。曾许东皇，游戏了尘缘。四海声名收不得，麾玉节，下清关。

相逢只说好江山。紫宸班。待公还。压帽黄花，喜映两眉间。袖里春风医国手，应不惜，紫金丹。

——莫蒙《江城子》

告别

1

初来北京，即便是大家口中最好的时节，我亦颇觉不惯。天气阴沉，宿舍窗外传来施工的噪音，噼噼啪啪，偶尔有行李箱拖动地面，发出踢踢踏踏的声响，像马蹄。居山近乎四载，忽然重回城市，还是在喧嚣的校园与众同住，种种反差也真有趣。早餐后与Z去提开水，路上见到柏树、马尾松、枫杨、常山[①]以及各色肥硕的月季花。这里的树是望天长的，直冲冲到云霄里边儿，蜀中的树不是这样，它们长到一定程度就松散开，往四周伸展，更有蔓延交错之姿，虽亦可成参天大树遮天蔽日，到底不那么直接果决。校园内喜鹊和鸽子极多，喜鹊毛色黑白相间，一只只肥得圆滚滚的，走路时踮着脚尖一蹦一跳，也不怕人，总是昂首挺胸在马路中间散步，行人看见它们可爱，偶尔咯咯咯逗几下。鸽子不太落地，常在屋顶转悠，总能听见它们咕咕咕咕叫

北京的秋

①常山，虎耳草科常山属植物，灌木。

着，声音很寥远的样子，宛若离蜀前在青羊宫的元辰殿台阶上听见的那样。

“此身虽在堪惊”，蓦然想起这句词。其实说不上惊，却或多或少有几分回味，这种不属于悲喜，只因目送光阴流转时移势迁而生起的，想写下来的机缘，里面到底是什么情绪，我自己也不太懂得，只确信这样的转折于此生而言都应该是贵重不易的。

到夏季，斋堂后的瓜藤疯长起来

去岁上半年，天尚未热起来时，某天饭后我独自散步到斋堂后的花园里，看着还未蔓延成势的瓜藤许久，最终下定决心要下山求学。这之后一直到考试，白天忙于庙务，晚上抓紧时间复习，专业课倒还好，本科时都有涉猎，政治课也并不担心，愁的是外语，毕业后回乡工作，而后入山修道，单词量都所剩无几。所幸好友星星听闻我有意继续念书，给我很大鼓励，还将自己从前做过笔记的参考书寄给我。初试后，等待复试名单的时间格外漫长，那会儿我的处境并不太理想，很难争取继续深造的机会。在等待结果的那段日子里，我仔细想了想未来的规划，是继续留在此地了结一生，还是调整好身心，换一个环境体验新的生活？两者都有取舍，若要安稳就得放弃相当大的自由，若要自由和突破就必得割舍安稳。有个暮色沉沉的傍晚，师父站在我丹房窗边，略带自责地表示，她无权无势，又没有庙，不能像那些会长、当家一般给徒子徒孙提供丰富的资源，甚至在我受委屈时都不能相护，以后的一切只有靠我自己。听她这番话，我内心酸楚，有些像家人的感觉，父母本身条件不够好，看到别的父母给子女提供优越的条件，心怀自责。师父待我极好，就像对亲生女儿。我不愿她难受，便劝慰她，这样也好，我会更上进，不给自己留退路。

出成绩那天正值立春。坐在回江阳的大巴车上，瞥见窗外有条宽广的河流，水绿如竹，在微雨中有迷蒙之意。R大的复试通知出来得很晚，几乎没有时间再看书，只能再过一遍重点，赶紧准备面试材料，便匆匆赴京。阳历三月，北京还干冷风大，我念经时受风，感冒一直没好，总流鼻涕，怕耽误考试，在宾馆放下行李后便下楼买药，倒头睡了小半天。

考试结束当晚，好友正好在北京，约我吃淮扬菜，地点就在地坛边上。餐厅生意很好，还剩最后一个位，友人点了干丝、水芹菜、灌汤包等，口味清淡。相谈甚欢，出来后天上一弯缺月挂于天桥上，人来车往，灯带晃眼，繁华如梦，冷风令人警觉。进地坛后，灯光暗了不少，大约由于天冷，散步的人并不多，成片的柏树像一棵棵巨型蘑菇蹲在路旁。夜色里看不到柏子，我很喜欢柏子，之前看过一句“庭前柏子指君看”，有种追忆往事，起落皆可平静看过的淡然，亦深含珍惜。后来看到柏子，外面裹着一层白霜似的灰，小巧可爱，柏叶可泡酒，更令我神往。多年前与父母来过地坛，在夕阳柔和的下午，风吹得我和弟弟只想躲在羽绒服帽子里，空气好萧疏的样子，红墙上树影斑驳。游人稀少，人说话的声音显得空旷。

如今想起，少年时的怅惘和悲哀都是美的，所谓怅怅然，是实实在在有却指向性不明确的情绪，在那个特殊的时期困扰身心，后来几乎没有再体验过。和好友走在林下，淡淡的月色偶尔落在石砖下，这份微光在冷夜中与人薄薄的暖意。围着柏木林走了一圈，俩人都不觉得累，友人在京多年，熟悉路线。我们住的地方在同一条线上，散步回去，两旁的树高高的，想触摸树叶都困难，只有月季可观，黄色花朵最凸显。如此寒冷萧瑟的大环境里，尘土厚重的马路边竟可开出这样多月季花。那些月季大气张扬，花瓣宽阔但不滋润，干瘪瘪的，我总觉得它们长到这么大会很吃力。想想蜀中的月季，淑气娟秀，水分充足，有缎面的质感。同样的花木，水土不同气质就迥异。不知何时我们走在一条河边，大柳树在风中乱舞，柳条齐刷刷往一边偏。什么东西到这里都偏大一号似的，印象里的柳小小一株，临水而生，挨着低矮的房子，连道观斋堂外那棵稍微高点的柳树，也未冒过屋顶，站在树下可折到柳枝。友人对我的考试结果极有信心，已开始为我规划入学后的事，建议我利用周

校园里的柏子

末多走走周边好玩儿的地方。他口中描述的可全身心投入学习，闲暇时无忧无虑看山看水的生活，我还不太敢想象。过去的几年，虽曰入山修行，日常仍要应付庙务和人情，很难一心一意学习，我清楚地意识到自己在某些方面停滞不前，如不集中精力进修，再这样下去，不知会落到什么田地。月底出名单，真如愿了。

那年入山，只背了个行李包，手里提着四季衣裳，冠巾后，俗装用不上，便把大半衣裳捐了出去。起初住师父隔壁的小屋，空间逼仄，只放得下一张学生床、书桌、衣柜。卫生间水压不够，洗澡几乎得蹲着接那点“眼泪水”。窗临青山，靠一棵大树，松鼠总在枝头嬉戏，偶尔在窗台停留，它们平时爱到慈航殿偷苹果，秋天偷吃过师父的核桃、栗子，叫声不讨喜。房间虽小，住着却有与世隔绝的意味，那会儿走廊尽头的窗户还未封死，阳春三月后晾衣服时往外看，背面高家种的油菜一片金黄，林中绿色不同季节深浅也有差异，虽只是一扇小小的窗户，仿若可窥墙外的万千世界。床是宾馆单人床，道观前身是个山庄，留下不少家具，此外衣柜和书桌是从师父那边搬过来的，我未添置任何大件儿物品。

这样住了一年，换到对面

北京秋天的柳树

大一点儿的房间，睡架子床，有两个衣柜、一张书桌、一个书柜、一个晾衣架。一年的时间，足够做出理智的决定，判断清楚自己是否适合住观。一个人下了决心，行动上会有某些体现，安心住下后的表现便是买东西。我开始布置房间，给架子床定制了棉麻蚊帐，那种床很费料子，在淘宝上反复挑选，定了比较透气的棉麻，一顶要四百多，想着要用很久，只能咬咬牙。书桌未配凳子，我想念从前家中坐的藤椅，便挑一个清闲的下午，让斋堂的孃孃带我去隔壁的古镇挑选，一百来块钱买了一张新椅子。山中潮湿，四季多雨，洗衣服很难干，一开始我总把衣裳拿到师父的烘干机上烤，后来搬到对面，来回走动不便，恰巧庙里走了一位师兄，将她的烤火器留给了我，那烤火器加热特别快，能铺开几件衣服，一机两用。除必需用品，我买过一盆绿萝，有段时间外出，疏于管理，回来后叶子几乎全黄掉了，根子腐烂，不能活过来。今年夏天，到镇上买供果时，看到人家门口种着栀子花，香气袭人，也起了养花的心，在花店买了盆重瓣大栀子。窗台向阳，中午光线过于强烈，花骨朵勉勉强强开出来，蔫蔫的模样，也就开了那一茬，之后再没发出骨朵。

今夏在校园里拍的月季花

离开道观后，那盆叶子繁茂的栀子想必被师父搬到她的门口了，那边阴凉湿润，兰草开得格外好。犹记得去年一盆春兰花发十数枝，今秋我走前，秋兰正慢慢舒展，一枝的香气便能飘到楼道里。那几天师父到山上念经，出门前将花剪下来插在白瓷瓶里，让我带回屋闻。我房间堆满打包的行李，乱七八糟，自觉衬不上这样好的花，仍将瓷瓶放在师父书柜上，与一颗大松子摆在一起。书柜上的白墙挂着几幅画，一幅是她画的上山虎，旁边是凌霄图，从前听她说过出自某名家之手。我极爱那幅凌霄图，此花夏秋季节在山上都能看到，天师洞古黄帝祠右侧有棵巨大的罗汉松，松上盘着株凌霄，花朵格外大，深秋也还有。画里的凌霄季节感便不那么强，它们四季都在，那种淡淡的橘黄色，在夕阳温和的傍晚最好看，光从西窗斜斜照进来，花叶捕捉到的光深浅不一，白墙染上暖意，房内画案、罗汉床、桌椅等，无不浴在一片祥和中，山风、鸟叫、虫鸣，还有墙外世间的声音，清晰又恍惚地落入耳中。而我，只是匆匆一瞥画境的人。

决意下山后，早早就开始收拾房间。烤火器、椅子、烧水壶等可以留给师父用，不常用的书籍打包了两箱寄到友人家，山里潮湿，不适宜囤放书籍。观里隔段时间就集体做衣裳，好些还是新的未开封，穿不过来的便送给道友。以前在家时买书的欲望强烈些，因有地方堆，看到喜欢的书籍就要收为己有。入山后，即使安顿下来后，我都有意识地控制自己买书的欲望，若非工具书，尽量不购买。一些友人隔三岔五寄来书籍，我翻阅后有的也转送他人，留在房间里完全不知如何处理。后来自己写书，心中总有一份忐忑，这些琐碎的文字，集合成书后，于读者会不会

师父书房窗台上的兰草

是一种负担。我隔壁住着一位老师父，她出家二十余年，去过很多地方，但现在她常住观内，房间陈设仍简朴非常，家具没有一件是自己额外添置的，不够用她就去库房找从前旧的用。我们有个观点很接近，出家人四海为家，不要到一个地方就急忙添东西，过多的物质会令人产生贪恋，有安乐之思，于修行并不是太好。她如今上了年纪，也常有这样的警觉，一面是源于自持的心念，另一面也体现出不安的心理。方外人的归宿感在哪里？除却少部分人能与天地精神相往来，大多数人仍要困惑于俗人所困惑的生老死葬问题。他们如何才能有踏实落地的归宿感，这是我一直关心的问题。

兰花和松果

临走的前三个月，我工作岗位临时调动到殿堂值殿。来庙上的前三个月，我也是在殿堂做清洁，后来才调到办公室，快走了，又回到最初的岗位。殿堂周师父也觉得颇有意思，感慨这是祖师感应，有始有终。七月雨水多到难以置信，天完全亮开的日子都不多，那月鹤鸣山举办高功提升班，我报了名，原打算去学习，结束后回来交接好工作，再回家一趟看望亲友，便能赴京。学习落空，观里不批准，只能作罢。去学习的师兄很关心我，微信里问候，表示惋惜。我也只能宽慰自己，未来几年里并不主法，不着急学，若以后想深入学习高功，再单独拜先生学也可。虽然如此，总觉得遗憾。

这样不急不慢收拾着，最后打包成五个大纸箱，两个小纸箱。说来好笑，我甚至想把台灯、烧水壶、插线板等一起装进去，毕竟到学校还得重买，又是一笔开支，然而这些东西也是每天要用的，没办法提前发物流，便只能留下。最后那周，我早晨把殿堂卫生做完后，几乎都在楼上整理房间，殿堂周师父体谅并祝福我。我收拾出一些未开封的粉条、巧克力、饼干等提给她，还有一叠纸送给了新来值殿的X师兄。他和我同岁，那年我俩一前一后到道观，相隔不过一两天，他那时只是来做义工的。记得春天一帮人坐在廊下裁纸、印符章、叠疏文筒子，他手巧，线条对得齐整。不久他到蓉城做生意，不甚理想，兜了一圈又回到观里，整个人沉默了不少，因诸多原因，我们几乎不再交流。他蓄发格外慢，一直挽不起来，大约因此久久不能换装。我山出家规矩比较保守，男女头发未蓄到能挽髻便不能换装，不像有些地方一去就穿上道装，戴庄子巾把短发遮住。

这几年住山，经历的除了清静、成长、蜕变，也有委屈、失望、悲哀。临行之际，一切似乎可以轻易抹平。最后值殿的那段日子，我很珍惜，心里知道，后会无期。

养过的春兰

师父书房的凌霄图

2

临行前的一些零散日记，不嫌其烦地截存着最后的时光，兹录于此。

一

小袁来观里拍摄小视频，我也不知道有什么素材可取，一切在我看来都再寻常不过。写完字忽然想起，初秋夕阳极美，每天下午打钟鼓前，阳光从两楼间逼仄的缝隙里漏下来，恰洒一束在蒲团上，一部分爬到铜质柱础石边沿，有流光溢彩之感，若香炉里烧着香，空气中但凡有丁点儿空气流动，就会烟云袅袅，自觉地飘向窗外。一年多以前，观里人多，乾道师兄们每到四点半准时上殿，广成韵坛的经师里有位瘦弱白净的师兄常常打鼓，我跪在边上，看他右手执鼓槌，左手压铰子、敲帝钟，动作舒缓安静，明黄色经衣宽大有坠感，阳光兜在衣袖里，随着念经的节奏起伏晃动。那一刻若身旁人告诉我，我们不是世上的人，那我也是信的。

这样想着，我起身去推窗，清晰地记起三月围墙后明晃晃的油菜花，与红砖墙映衬，色泽对比强烈。待我推开窗，小袁喊住了我，让我重新开窗，说那一瞬间光线照进来，十分好看。我很好奇，凑过去看回放，视频有种白茫茫的气质，大约因为镜头

道观附近的油菜花

只对准了手、白衣、红窗，当吸收到阳光时，并不似真实场景中那样闷热。小袁略微感慨地问我：“有没有舍不得？这里这样美。”我愣了愣：“怎么会呢，我们四海为家，哪里都一样。”

夜里想起她的一问，听到窗外阵阵虫鸣，抬头见一只壁虎在窗台边吃蚊子，这样的光阴，轻而易举就可以拥有，所以我并没有觉得不舍。谁知道呢，或许以后，记忆再被淘澄，我又铸起一座新的仙山，藏许多的美好与坚定。

二

周末游人如织，一整天都在重复敲磬、卖香、讲解，到傍晚人少一些，铺半张纸写字，中途总有人来敬香、点灯，断断续续写完，十分难看，立马扔到化钱炉里烧了。晚饭后打开殿堂门，重新写了一页诗，才觉得踏实。殿堂无人时，爱看顶上的壁画，神女飘逸、仙童可爱，最喜爱其中两幅山水图，其一绘的是隐居山中的人，昼间瞌睡，梦入仙乡，与神同游，画中用细长的白色线条勾勒出云彩模样，以区别天宫与人间。另一幅画中有一道石桥，桥对岸林深郁郁，杂树生花，桥这头一人一仆，正准备过去。

看了很久两幅画中的云与桥，它们是一种隔，一根线，一条尘世中人向往的解脱之路，似乎过去了就是逍遥自在，没有累赘。

三

起来煮饭时天还漆黑，绿豆稀饭下锅，馒头馍馍上屉，切好黄瓜，外头已蒙蒙亮。南竹尖儿上的叶子十分轻柔，森森簌簌的，地上落的毛桃隐约可辨，南瓜花皱得像纸。饭好菜熟，南瓜花便舒展开了，芋头叶上滚着宿露，鸡冠花在一片绿色中露出绯红。土狗趴在窗户上发呆，墙角葱兰不知何时全谢了。

看到一张图片，是常来道观印经的居士在路中偶遇大雨，

鸡冠花和小蝴蝶

停车拍下的。有一回坐车路过一条巷子，瞥见一位胖胖的孃孃开着红三轮儿拉生意，窄窄的挡风玻璃下摆着两大捧栀子花，豪华得过分。再微不足道的寻常里，都有让外人羡慕的闪光点，甚至在某一瞬间起到治愈效果。如这图中，高高低低的房子里，住着的是与你我同食五谷杂粮的老老少少，也各有各的悲欢，却因某日天降的一袭烟云，分外有桃源意味，令路人惊喜不已。开三轮儿的孃孃，想必有自己的家庭要照顾，不得不跑生意贴补家用，可我在那一刻只看到她身前的花束，想到寻常人的寻常幸福。

四

今天逢戊，开殿门后便忙着做清洁，灯座上累积的油垢和铜锈很难打理，用了丝瓜络、钢丝球等工具。特意端去厨房洗，那里有热水，碰见厨房孃孃在摘南瓜苗，新出家的小姑娘似乎去地里挖什么菜，孃孃嘱咐她不能连根拔起。瓷灯座容易打理些，使点劲儿就可以，铜灯座上的锈要用夹子一点点推才能脱落。整理香炉里的香签棍、擦拭供桌，完成后已近中午，又把库房的柏香搬出来，将香签上的绿霉用半干的帕子擦干净，再抱到宽板凳上暴晒。

晴雨不定，午间休息起来，竟已下过一场大雨。香已由师父收起来了，但师父晒的药材被泡了汤，我向屋檐下避雨的老爷爷借了把伞去收。骤雨初停时，一对青年男女来烧香，那会儿风特别大，烛火被吹灭，我左手护着灯芯，点了好一会儿才又亮起来。空中尚飘着雨，女子点香时雨越来越多，男子原只站在台阶下瞧着她，这会儿赶紧撑伞去护着。俩人靠拢在烛火旁，远处树叶翻动，现出如同撒了面粉的背面，是涌动却也安宁的情景。

读到苏舜钦的《夏中》，很喜欢，录之。“院僻帘深昼景虚，轻风时见动竿乌。池中绿满鱼留子，庭下阴多燕引雏。雨后看儿争坠果，天晴同客曝残书。幽栖未免牵尘事，身世相忘在酒壶。”

搓灯芯

五

晚课后闲坐在云板下摇着折扇，斜对面疲惫的中年男子操着一口广东普通话，在向殿堂师父问事情，健康、事业、婚姻、儿女，左右不过这些。先前我看他点了几组灯，虔诚地跪在三丰祖师座下，汗浸衣衫，起身时颇觉吃力。颇觉吃力，这种状态，我也曾持续好久。今天不知什么日子，连着收到几条私信，都是倾诉自我在困境中无法走出来的。不知道回复什么好，我也是从泥潭中摸爬滚打出来的，要打破种种实在或虚无的困局，实在不容易，而个体与个体之间，在这件事上似乎无法借鉴经验。我们有相似的悲哀，但我们无法用同一种方式解决。

傍晚和师父散步到街上买东西，十字路口处摆着水果摊，有李子、水蜜桃、紫葡萄等，宁夏大西瓜切开时夸擦一声，能感觉那个瓜沙沙的。一位老妇人卖

桃子

菜，她的菜大多数是自己种的，分量少，红苕藤只有一把，黄瓜三五条，此外还有老姜、苦藠、独蒜和一些草药。

走到超市旁边的腊肉店，见门口小桌子上摆了两碗核桃，我俩挺诧异，问店家这几天哪里来的核桃，那嬢嬢说是云南过来的，最早一批，不算特别嫩。师父剥开一个尝了尝，说水垮垮的，我嚼了一口，确实是，而且不香。到超市，我选了几瓶酸奶，师父买了两瓶保宁白醋，她今年泡的生姜太咸，要再兑些醋。后来才知道是姜本身不好，进过冻库的，买时看着新鲜脆嫩，泡不久便颜色变黑，姜也软了。穿过天下幽集市回来，几乎家家户户门口都开着晚饭花，有紫有白。路遇一只肥猫，脸颊两边的肉肉都下垂了，看得我立马捏了捏自己的脸，莫名生出一种好险好险的心态。紫薇花渐渐开，不多。观里有师父晒了构树果子泡酒，我第一次见，十分可爱。

云南运过来的核桃，时间太早，还不够香

青李子

六

早课后回房，巴巴望着东方，期盼今天和昨日一样出大太阳。今夏的雨实在下得没边没际，于我而言，苦恼不过是衣服难干、身体湿气重、推迟收拾行李而已，不算什么委屈。上次去熟悉的摊摊买菜，店主是对夫妇，老板娘叫“燕子”，大家喊开了，一提起她的名字，附近没有不晓得的。她写菜单子不如他丈夫顺溜，但做事麻利，里里外外杂七杂八的事，她管得有条不紊。不要小瞧一个菜摊子，附近好多农家乐都要来选菜，一趟都有一车，配菜、装菜、算账、送货，哪个环节都不松活。店里专门请了一个孃孃帮忙装菜，一个叔叔帮着送菜。

那天去买菜，我嘀咕这个差事吃力不讨好，厨房干活的不懂安排，整天只晓得惊爪爪喊：“没得菜了！没得菜了！”问究竟买什么，又说不出来，反过来堆着笑脸说：“你看着办嘛，我咋个有权力说买啥子哦。”燕子笑了笑：“你们不换着来啊，找个人接班嘛。” 她也说起自己的难处，今年天不好，往年全家

菜摊上也卖黄桷兰

来避暑的人好些都不来了，农家乐没生意，菜比往年少卖三分之二。我一想，还真是，不仅山上的道士们，底下老百姓也是靠山吃饭，旅游不景气，住宿、餐饮、交通都要受影响，今年真是要少赚不少票子。

扯得有点远了，本来想说天气。下来开殿堂门时碰到做活路的陈嬢嬢，她多客气，还在感激我昨天给她吃巧克力和花生这点小事情，又说："小周师父，今天要晴，六月六，晒衣服。"方言里六念"路"，入声，成句念出来很有韵味。

曾在屋顶晒茶

昨天的太阳看起来吓人，其实不太抵用，空气里积攒的湿气闷起，隔壁师父晒了大半天海苔，傍晚收了摸摸，还是润。今天这太阳有烈性，我深信谚语自有道理，打扫完卫生就赶紧拉开桌子和宽板凳，把楼上的书抱下来晒。大部分书已经运走，只剩些杂书。年生久远的书纸张比较粗糙，摸起来涩涩的，近期的书白净光洁。摆在院子里，时而听见风翻动书页的声音，想起往年爬到屋顶晒经书，用背篓背上背下。

傍晚饭后和师父散步到药店买些常用药，药店老板的儿子胖了不少，端起饭碗有气无力地坐在椅子上吃饭，不太搭理人。师父递给他一袋巧克力，他爸爸忙喊他说谢谢。他回应了，又耷拉着头刨饭。爸爸帮他解释，说才游泳回来，特别消耗体力，精神不济。

老板问我们怎么好久不去耍了，我哈哈大笑："我们平时散步嘛，也不太会散到药店里来嘛，你这里都是有事才来。”又闲聊了一会儿，他妻子抱着个小娃娃出来，眸子亮晶晶的，说是老板他姐的，姐家开农家乐忙不过来，只有丢在这边。娃娃皮肤真好，肉嘟嘟的，我忍了又忍，没忍住，搓了搓手上前捏了捏他的脸蛋儿，还好娃娃脾性好没有哭。

回来的路上两旁已有许多乘凉的人，孃孃婆婆通常结伴一起。说起孃孃来，想起上午来个孃孃，问佛教道教基督教有啥子区别。我说了些，她表示反正什么有用信什么，自己年纪大了，老伴儿生病去了养老院，儿女都有自己的事不可能要求他们天天陪着自己，这人啊不爱麻将不爱牌，一个人还是孤独，想找点儿有益身心的寄托。听她说住在天府广场附近，我建议她周末去青羊宫听听课。

七

山雨不歇，草木清嘉。昼长无事，无话可说，唯写字而已。值殿周师父或抄谱或抚琴，令我恍然回到刚来时的情景。经历种种无非磨砺，江山不改，故人已非，而天地精神生生不息。

八

山斋饭罢，蝉鸣嘶哑，雨后青山如洗，老少皆出，摇扇纳凉。在殿堂师父处拿了备用钥匙，掩门习字，只开了一盏小灯。神台上油灯静静燃着，蜡台上两盏小酥油灯还有些微弱的光。柏木、香樟、花果的香气混合在一起，清甜而厚重。窗外的光渐渐暗下来，字也写到末尾。以前读《后赤壁赋》，光记着“山高月小，水落石出”，此刻

雾中的屋顶

抄录全文，更羡慕苏子可以边赏美景边享受肥鱼美酒的福气，这种想法还真是俗之又俗，但俗得畅快。写到后半段凄肃之景时，像浇了一头冷水，月明风清的欢喜劲儿少了大半。

洗笔收拾停当，轻声轻脚锁了门回房。道观后面有个大坝子，孩子开着玩具车来回兜圈子，老大爷与旁边的大爷聊得正起劲儿，妇人孩童说话偶尔尖声尖气的。这些声音，坐在窗边听得清楚。我住在人世里，一直都是。

九

最近来学琴的女孩子，七八岁的样子，勾挑抹剔都十分用力。周师父不教她弹《秋风词》，说过于萧瑟悲凉的声音不适合孩童。从前听一位师父讲，少年时在京学琴，老师说出家人弹琴要不染尘，教她的曲子是《桃园》《仙翁操》《鸥鹭忘机》之类的。今日又逢大雨，女孩子穿碎花连衣裙，爷爷为她背琴打伞，爷孙俩笑嘻嘻进门来。

十

坐在殿堂内看书，有时忘记昼夜之分，一入五月，整座山都浸淫在雨水里。撑伞去点香烛，衣袖被香炉边沿滴落的水珠打湿透了。有雨则听雨，有人磕头就敲磬，到点端碗去斋堂打饭。鲜少人来，殿内没开灯，墙上壁画暗一块亮一块，供桌前灯花纹丝不动，桃子供不了几天就要烂掉，杏子更甚，夏橙和苹果挨得久些，鲜花开得快败得快，富贵竹四季常青。脖子酸时抬头望窗外，檐下雨如珠帘，又有些像雪，落地凝结成凌子的那种雪。

也不晓得自己活在什么境地，总之闲愁渐渐消失，对命运的惆怅和叹惋亦不复存在，这副身躯更像地里的瓜瓜果果，晒太阳、吃水、生长、结果子、陨落。开始喜欢吃糍苞谷、蒸南瓜。想念儿时的烤苞谷、熟透的苦瓜心子里的瓜瓤、干海椒炒撕得薄薄的藤藤菜秆、藠头烧茄子。有天夜里，摇着扇子躺在架子床上，被子只盖住胸口和小腹，整个人觉得凉幽幽的。住在高点的楼上，听见雨声格外绵长，布谷鸟声声叫唤，意味悠远。这样歪着，想一些少年时做过的梦，都不成章。“几轮回，复自然。食五谷，绕回川。”几句歌词，颇似这几年的经历。

曾经我以为踏实决然地做了某个决定，从此以后每一步便清清楚楚。回头看，还真是可笑又惊心，这种稚气的思想里，恰恰包含不知天高地厚的勇气，莽莽撞撞就走到了今时。

众生如梦，世界如花。

十一

下了一整夜绵绵雨，今早雾罩青山，一团团白雾飘得比山还高，深绿的山色反显得淡了，眼前只有雾气。路过镇上的小桥，顺着河水看向远山，只觉那大抹白雾要滚滚流下来。

雨天

头回因一地青苔长时间停住脚步，在这之前我以为它永远是氤氲的绿。端着饭菜路过牡丹花台，湿热的空气包围着脖颈，黏黏发痒，有种长痱子的错觉，一点点的刺痛感。忽然眼前一阵光亮，阳光实则不透，被雾气裹住，困着出不来似的。可不晓得为甚，青苔借了满地光辉，一改平日的沉敛，绿里掺入金色，斑斑驳驳晃到我一身白衣上。这情景可以直接入画的，写出来总不如意。在喘气呼吸都紧张的五月间，冷不丁撞见这一地，让站定的我身心摇落了几分，醒醒神，

阳光洒在青苔上

迫不及待放下碗筷，想兜着它，给不晓得这样颜色的人都瞧瞧。

这场雨里，我心中什么都不愿生长。但晓得地里紫茄、豇豆、四季豆、苦瓜、冬瓜，在蹭蹭蹭吸水。前几天吃蒸茄子，斋堂孃孃把茄子切成细长条，拌好青椒节子和红海椒，蒸熟后茄子暗沉沉的，味道竟不错。遂想起儿时吃的白茄，短胖短胖的，新鲜茄子茄柄处有毛茸茸的刺，摸起来好痒，茄肚子捏起来弹性十足，掰开脆生生的，撕成块凉拌，爽口又清甜。小时候不吃茄把子和茄子皮，大舅就说，不吃招蚊子，吃了蚊子就不叮我。但每回吃煮茄子，我仍要用筷子划开茄肚子，拨里面最嫩的吃。可能因此，现在成了招蚊子体质。

连日暴雨，一天不知要出多少身汗水，念经时眼镜片都是花的，看字完全凭感觉，每晚坚持泡脚，不然浑身黏糊糊。湿气重，吃菜总觉得偏咸，想吃辣，一吃又承不住。五毒月真是难熬，好在有栀子、玉簪、木槿、蜀葵、旱金莲。前几天去祖师殿，见院中有极好的紫玉簪，山路上瞥见远处坟边有一大树栀子，那真是成树了，恍惚间我以为是反季的白山茶。附近草丛里萱花寂寞红。

现下菜好买，苦瓜、青椒、茄子、藤藤菜、黄瓜、丝瓜、小白菜通通两块钱一斤。看到一种弯弯的紫红色小茄子，老板说叫杭茄，比本地茄子一斤贵五毛钱。很想吃凉拌秋葵，要七块钱一斤，便没有买。黄桷兰五块钱十二朵，阿姨奶奶们卖花都把花挂在小树枝上，摇曳可爱。

十二

一上午大家都在安静地做事，有个小插曲，中途来了个中年男子，瘦高，头发油腻蓬松，应该许久未修剪了，皮肤偏白，一看就是病气，果然进门后如此凉快的温度，他都一直冒虚汗。他跪在蒲团上磕了三个头，起身走到值殿师父面前，起先几句话咬字不清，我站在一旁没听懂，后来他取下背包，翻出许多药盒子，重复了一遍刚才的话。我们听懂了，他有严重的胃病，药已吃完，没钱再买。

类似的事不时就会遇到。殿堂师父没停手里的事，只抬头问他为什么不找家里人。他说刚和老婆离婚。又问他好手好脚，为何不工作。他说身体有病，不好找工作，还伸出舌头给我们看，舌苔颜色十分恐怖。因在殿堂里，我们忙让他不必如此，不然他还忙着掀衣服让我们看生病的皮肤。

冷了会儿场，他又说自己还没吃饭。殿堂师父看了看我，我便提出带他去吃饭。他说自己胃不好，只能吃稀饭，辛辣油腻一概不行。带他到斋堂，还没到午饭时候，恰好早晨剩了一碗莲米粥，问他怕不怕冷。他说不能吃生冷的，我找了小锅热了会儿端给他，嬢嬢翻出点炒红苕藤，他毫不客气地用筷子赶到饭里，稀里哗啦几下吃了。他是真饿，吃个饭出豆大的汗珠。饭后他有点手足无措，欲言又止，指着自己的药盒子，我晓得他还想要点

道观自己种的蔬菜

钱。回房拿了点钱给他，让他快去买药，也表示自己能力有限，只能如此，以后他得靠自己。

十三

七月十一，水缸里金黄色水莲绽放，三个胖胖的中年男子惊喜地围着花朵拍照。

十四

七月十二，师父房里秋兰开了瘦弱的一枝，不关门时，在楼道里就能闻到。瓦莲花老了，心子逐渐泛红，薄薄的鸡冠花为秋天增添了些许明媚之色。

十五

早晨去买菜，沿街尽是青皮梨、黄金梨、青李子、红李子、毛梨、紫葡萄、核桃、小金苹果，菜更丰盛，藤藤菜、胖黄瓜、小苦瓜、紫茄子、软姜子、高笋[①]、蜀葵、娄娄花、洋荷儿、红豇豆、小白菜、老南瓜等，闭着眼睛买都不会错。

紫豇豆线条真美，我忍不住蹲下来瞧，卖菜的老爷爷并不厌烦，反而开心，自信地夸自己的豇豆，品种多好啊。本地丝瓜纹路好看，皮脆弱，指甲轻轻一掐就变色，飘出股钻心的清气，做菜时也不用完全去皮，刮皮刀轻轻来回意思意思刮两下就可以。紫葡萄水分多，用食指慢慢按，弹性十足，那种满足感不亚于捏气泡。老南瓜皮怎么可以皱得那么精致，真想抢过老板的刀帮他划开，掏出里面的米米晒干，那

镇上的菜摊

①高笋，即茭白。

紫豇豆

十数则日记，勾勒出临走前那段日子的大致样子。如今在京，与众同住，再看文字里的点滴，像过去很久的事。时常觉得庆幸，自己还有记录的心力，即便当下的文字也有遮蔽和修饰，总比过后回忆虚无好一些。白纸黑字在那里，再难以置信，总要面对。无凭无据的回忆则不然，五光十色任自己渲染。

米米比五香瓜子好吃多了。

昨夜下过小雨，回程见远山间咕噜噜冒出朵朵大棉花云，如果神仙把云当饭吃，不知道该用啃还是吸呢。路边紫薇繁盛，木芙蓉赶早开了，此外白木槿、紫木槿、美人蕉、大丽花随处可见。花朵皆长于寻常人家门口，像那包子铺门口紫薇垂垂，醪糟店旁边成片黄色大丽花，远看还以为是菊花。看着花，又瞄一眼在铺子里吃饭的人们，觉得他们碗里的食物格外香。

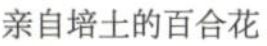

亲自培土的百合花

我的书桌

曾在山下看过的花市

3

离观前上了三趟山，一次是六月十九，慈航真人成道日。那日天蓝如水，我纯粹只想爬山活动筋骨。适逢观音堂在做会，遂留下念经。念《三官经》《北斗经》，做《观音正朝》，拜《观音忏》。几乎都是上清宫的年轻师兄们，她们学经忏很快。结束后到经堂给师爷烧香，院中倒挂金钟开得甚好，无花果还是青色的，罗师父说有几个刚刚冒红的被偷摘了。到东华殿小坐，胡乱写了会儿字，吃了几杯茶，不觉窗外已下雨。阶下板栗挂枝，青中带红，毛茸茸的，十分可爱，地下也落了许多。在大赤天宫吃晚饭，停电，厨房没法用，坐着等了好半天，雨时下时停，好在准备下山时西边太阳又出来了。

第二次是师爷羽化的纪念日，我和师父头一天便买好供果，次日早饭后上山。除供果，上坟还要带袱子、香蜡、元宝等，袱子是家师写的，元宝是大家共同叠的。叠元宝的黄纸亮晶晶的，师父拿的是较好的纸张，往年我叠过一种劣质纸，稍微使劲儿，指间就染上颜色。还记得教我叠元宝的是位云南的师兄，他总穿宽袍大袖，人瘦，行走时衣袖摇曳。观里从前开科仪课，有年中元节，教务处要求学生们

师兄们在准备中元节

还记得教我叠元宝的是位云南的师兄，他总穿宽袍大袖，人瘦，行走时衣袖摇曳

做法事用的元宝

自己准备法事用品，合作做一场超度。每位学生都要叠满一定的数量，以至于后来形成一个奇观，上课时每人桌子边放一个纸箱子，两手默默工作，一个个元宝往箱子里扔。上课的老师还往教务处反映，怎么人人上课都在叠元宝。最后有些同学的元宝数量不够，还恶作剧趁别人不在时偷偷拿人家的来填补。

叠元宝最关键是起头子和收尾处推出元宝形态，熟能生巧，我一开始叠得不成样子，后来闭着眼睛也能完成。上山后，一大早众人无事，坐在住宿部前聊天，孙师父又拿出大张大张的黄纸，用剪刀裁成长方形，一堆人边叠边闲聊，你教我我教你，比比谁叠得好，不一会儿又多出一大包。新出家的李师兄在住宿部管登记，她与我身高差不多，但比我还瘦，上回做法会我未带长衫，借她的道袍穿过一次，也很合身。她住师兄们集体学习的书画室旁一间小屋，房间简陋，

屋檐下的草药

但布置清雅，挂着绘着蔬果的棉麻帘子，爱饮熟普。那天她递茶给我，用吃饭的大碗装着，我匆匆喝完。这回她又煮了茶，我坐她身旁，她跟着步骤叠，茶香飘满窄小的木屋，时而有游客来咨询，她一次次耐心解答。我问她可还习惯，她说还好。

唐师伯和周师伯也来了，周师伯用小叶黄杨做了一副乾坤圈[①]送我，鼓励我好好学习。唐师伯热情活泼，最会活跃气氛，每次吃饭都先照顾别人，看谁碗里没菜杯里没酒，忙这忙那，自己没吃上几口。他们夫妻一说话就互怼，吵吵闹闹嘻嘻哈哈，越说越起劲儿，总把我们逗得哈哈大笑。那天中午郑师爷上坐，其余师父们陪坐，我们晚辈打横。郑师爷抱了瓶好酒出来，周师伯兴致好，一杯接一杯。师父便让我坐过去，好好听师伯说话。他先安慰我，说出家不易，他走了几十年庙子，明白大家的委屈，让我不要气馁，趁着年轻，学习为要，不要掺和，当然我本身也没本事掺和是是非非，要抓住一切机会丰满自己的羽翼，只有自己强大，将来才有可能有所作为。又言，天大地大，也不是只有在一家才能吃饱饭，去新的平台学新知识，自然会有更多选择，这些都是自然而然的事，不必焦虑。老一辈看事情格局不同，听师伯一番话，我颇为

①乾坤圈，一种道人常用的饰物，两个圆圈套在一起，中间没有缝隙，材质多为木和银。

周师伯做的簪子

受益，庆幸这一路上遇到这些良师益友。人一饮酒，话就多，唐师伯不断给周师伯使眼色，不要紧到盘旋，大家已经出发去上坟了。我也懂得，把剩下一口喝完便起身。

白果丰收，坟前枝丫都压弯了，左侧好大一丛秋海棠，朱师父说是除杂草时特意留下来的，师爷特别喜欢。此花四季都能见到，但还是秋天风姿更佳，萧疏微凉的气息里，看到一角明媚摇曳，很有意味。坟后几株木芙蓉尚未开花，红豆杉结了不少果子。红豆杉果可入酒，今年马师兄用上好的粮食酒泡了一大瓶。那夜几个师兄小酌，书房外月色明亮，转角阳台上开了好些月季花，松涛阵阵，我立在黑暗处听了许久。师兄还泡有松露酒，可惜每回我都忘记品尝。上坟时，师父们喊L师兄去坟尾插香，因她已决定拜周师父为师，我们就算同一脉了。听师父们言语中聊，晚入门的就要插坟尾香，烧袱子时得跪着。这次上坟人多，年轻一辈有我和马师兄、陶师兄、李师兄，爱种花的刘师兄已离山一年多，辗转几地，如今只身在川北。年初他寄来两株太平花苗，一株种在上清宫小花园，另一株种在我常住的道院，新叶已发，不知何时能开花。坟前花木繁盛，法脉也不断有新鲜血液，师爷天上有知，会欣慰的吧。

难得一聚，每截时光都不易。饭后在客房中间的院子里，大家围桌饮茶。我们临时在各自客房里搬出凳子椅子拼桌。马师兄泡茶，其余人也不怎么分主次，挨着坐下。每回上来都住的这边，老君圣诞时，青砖上的苔还未这样明显，那会儿边上摆了个大花盆，插着几根竹竿，山药藤一圈圈儿绕上去。廊下亮着老式白炽灯，我回屋拿东西时，从半掩的门缝里望出去，那清冷的光宛若月色，白墙灰扑扑的，堆着些干柴，竹竿上的衣裳还没收完。这边客房条件较好，全木质结构，有网络和淋浴，对面客房条件差一些，最近在翻修，为了迎接盛大的罗天大醮法会。十月份罗天大醮在我山举行，几个大宫观都要接待经乐团，上清宫作为主道场，接待量自然不小，听朱师父说客房紧张，乾坤要分住，亏待了哪一方都不好，得加紧把老房子装修出来。这种家常聊天，往往没什么具体的主题，聊时大家东一句西一句，像有说不完的话，有时候回忆起来，说些什么也不太记得。这是无用的语言之美。平时我们说话，目的

包袱子

性功利性太强。如此良夜，坐于古树空庭之中，无隔阂间隙，嗑瓜子、嚼豆干、饮清茶，说说笑笑，不啻神仙。我不爱嗑瓜子，摸黑寻了袋野山椒味豆腐干吃，软软的特别美味，连连赞许，急忙又找同样口味的，居然一袋都没有了。李师兄也说，那种口味最好吃，大家都喜欢。那夜几箩筐的话，现在我只记得起周师伯的一些感慨。他和唐师伯已年老，家境殷实，儿女都出国了，有在美国的，有在西班牙的。他说："我们年纪这么大了，他们还往外走，这是不孝。把孙

夜里在院子里饮茶

孙带大后，以后就上山来和你们一起，说说笑笑还挺好。”

最后一趟上山，是郑重地给师爷、师父、师兄们辞行。我提前到大观园夜市买了青苹果、香蕉、火龙果，分成两份，一份背到上清宫，一份留着去建福宫。上山时师父未与我同行，我一早上山，路过石笋堂时，闻见墙内飘出菜香，盖住了清早植物的清香。石笋堂很早之前也是一个道观，后来做过学校，现在是普通的农家乐。头回上山来，赶着最后一刻进山门，天色已晚，恰好走到这里，便宿下，早晨起来，庭院空旷，青苔厚得打滑，吃了一份炒藤藤菜，便背着包赶路。后来每回路过，总要抬头瞧瞧，似乎它代表某种契机和停留，是生命中看似不起眼却举足轻重的一个点。

穿过石笋堂到月城湖边上，船还未过来，我靠在岸边等。这么早，一同登船的大多是工作人员、上山摆摊做生意的商贩和背夫。此处叫背夫为背脚，他们靠一个背篓、几根支架和两条腿吃饭。山上有缆车，但不运货，绝大多数物资都要靠背脚。他们一清早就在山门口等，生意很好。之前一位住在山顶的师父，有一个居士给他寄了一箱粽子到山脚，要运到山上，托我给他找背脚。粽子不值几个钱，运费倒花了百来块钱。背脚手里总拄着一根棍子，累了就拿来支住背篓，靠着歇会儿。我见一位叔叔挨着墙，微微喘气，拿出一个矿泉水瓶，里面装的其实是白酒。之前我以为是水，有回听几个背脚聊天，说各自的酒味道如何，才晓得他们酒当水喝。叔叔身后是一面山壁，自来水管依墙而爬，水管外包裹着棕榈叶子。站在岸边瞧湖水，比雨季时折了一截，天气阴沉，没起雾。这湖虽是人工凿的，有雾时山水相接，不辨上下，颇有意趣。

坐缆车到观音堂的路中，见窗外水杉已泛黄，秋色分明，林深处有半枯的合欢花。下来后，先去慈航殿磕头，又仔细看了正中间的神像。上回念经，听薛师父讲起塑像的艰辛不易，他说那时经济艰难，每个月收入要上缴，想把祖师爷的像修得好点，组织上放话，事情可以做，钱却不让动一分。后来想方设法凑了几十万块钱，才把观音堂几尊神像重新修整。慈航殿主神比较特别，是男身，塑像的师傅本擅长塑佛像，是故这尊慈航真人神态也带有一些佛教塑像的特色。磕头后去旁边的茶园儿，刚好碰见薛师父。他晓得我即将下山念书，给过我一番鼓励，我请他坐下，给他行了大礼。他又对我说了一番山上的往事，叹息道门缺乏人才，让我安下心来，不要有任何顾虑，经济上有困难一定要说，老师父们不会坐视不理，定能让我读完书。他总说，住庙是

皇经楼下的杜鹃花

上清宫的楠木

为自己的信仰，为祖师爷守护门庭，不是为当什么领导或会长。

出观音堂，至上清宫。朱师父和孙师父在住宿部坐着，见我上来忙喊歇口气，而后说了些鼓励的话。朱师父少年时曾在白云观读道学院，那一届的学员几乎都是全国各地当家的徒子徒孙，现今大多都是一观之主。北京冬天冷，那会儿经济条件差，他和道友一同买件羽绒服换着穿。他又说北京干燥，一定要买加湿器，从前他们没有加湿器，睡觉前要在床边放一盆水，第二天早晨起来发现水已经少了大半截。

上清宫花园里的兰花

师父们种的菜

元辰殿已建好，漆味重，未对游客开放，木门边缝太紧，每次推开关上都发出吱吱声，引来游客打量。我悄悄进去，放下背包后，先摆供果，后烧香蜡。供天地的香炉摆在门口，炉旁有个搪瓷盆，用以烧黄表纸和钱纸。我正准备点蜡，碰到端着搪瓷碗打饭的张师爷。她擅长做道装，年纪大了，眼神不好，仍赶着给大家做衣裳，给我也做了一件塞棉花的背心。她肤色白，说话轻言细语，像小女孩儿一样可爱，高兴地和我说：“这个搪瓷碗是好多年前侄女上山看我时，特意买给我的。可惜最近拿来熬粥，不小心把底部烧黑了，但拿来打饭还是没问题的。”她现在吃不下太硬的饭，中午就喝点米汤。

花园里一枝月季艳压众芳，那么多倒挂金钟都比不上那一两朵耀眼，角落里有黄色石蒜、娄娄花。高墙之上的游客弯着身子往下看，应该也很喜欢这园子。听说景区计划把经堂重新布置，打造成张大千故居，师太师爷们的香案还没想好往哪里搬。我当时“呀”了一声，怎么可以这样。且不说院子旁住的都是坤道，进进出出不方便，这样安静的一隅，还得让出去，真可惜。可又有什么法子。

午饭不见郑师爷来吃饭，我问旁边的人，得知他多半还在三清殿干活。到三清殿时，果然见他正督促工人做元辰殿的功德牌。元辰殿主神为斗姆元君，两边供六十甲子，善信们大多是一人认捐一尊神像。师爷特意做了块金灿灿的功德牌，把每个人的名字做成小牌子钉上去。他有点纠结最顶上牌子和字体的大小，觉得不太合适，想改，还计划在两边做点什么修饰。总算满意了，他才去斋堂吃饭，我扶着他的手，他让我不用把手臂抬得太高，只让他觉得有个依靠就可以。陪他吃过饭，扶他回房间，老人家话不多，我行了大礼便告辞，让他好好午休。

午饭后到东华殿，殿前栗子树果子又大了些，地上晒着玉米，是一位老师父自己种的，她还养了许多鸡鸭，也不怕累。唐师兄也没开学，在值殿。我们四人坐在奎星殿后面的小屋喝茶，

未完工的斗母像

侧身便看到天光云影，青山入幕，实则都是看惯的景象，每一次都忍不住再念。伍师爷原本在组织大家数功德香，老君阁功德箱分布得散，数起来慢，我不想耽搁他做事，小坐一会儿后，便提议说一起去帮着数。当天也并未完成，数完一箱后，我回到奎星殿休息。似有许多话，最后不过轻轻挥手。

建福宫的花

下山时太阳落下了，林间有疏疏落落的光。走到天鹤观时，杨师父和当家师都坐在殿堂前，我打了招呼，放下行李给祖师爷磕头。杨师父亲自执磬，共敲了九下，回音袅袅，在楠木林中徘徊。斋堂在殿堂后的长廊上，晚餐吃凉拌红萝卜丝儿、丝瓜青豆汤，另有一份清香扑鼻的野菜沫，里头拌了青椒和小米辣，我吃不出是什么，听师父说是某种蒿。饭后我们坐在廊上休息，两只土狗趴在地上摇尾巴，廊外几棵大喜树结满果实，角落里开着指甲花、土人参花。

临走那天早晨，要去建福宫辞行。建福宫作为罗天大醮主道场，为迎接盛事，一月前就开始动工改建、搭台，四处灰尘扑扑，三清殿根本没法进去，只能在香炉里烧了一炷香。供果供在二仙殿，磕头后去茶园见张师爷。她的叮嘱别有心意，说不要光顾着学习，考试不争第一，第一太累，学修并进，修行人修行最重要，一切以健康为先，在外行走，注意安全，保护好自己。师父坐在我身旁帮着说话，让她放心，说该交代的也早交代了。

建福宫多植楠木，细叶子偶尔从林间落下来。从茶园下来，我背着书包蹦着下台阶，师父站在灵官殿下望着我。我像得到解脱，脚步轻悦，一时忘了这一别起码是大半年，都没好好和师父道别，等跑出“西蜀第一山”牌坊外才恍然想起，该郑重地让她放心再走啊。越是亲近的人越容易忽略礼节，我给那么多人行礼辞行，唯独对她，只轻轻转身挥手。那年入山，也只是在门口和母亲说了一句：“要走了。”世间竟有如此相似的离别，因过于熟悉而没有任何仪式感。

师父晒的橘红

师父做的茶叶

下山

1

动车急速行驶，人异常清醒，不舍得看漏窗外的风景。大多数稻谷已收割，稻草扎成一个个小人儿立在田埂边，晚稻还是绿黄相间。大片紫薇花开着，栾树顶冒出金黄色，都很明艳。这条线现在只开到犀浦，全程有许多田野、花圃，以前可以直接到北站，后来取消了，进城都要自犀浦转地铁。我以为到犀浦的班次多，不用提前买票，导致到了车站发现最近的一班车连站票都没有了，白白等了一个多小时，坐五点半那班。等车时，给董师父发了信息。她如今境况不是太好，我不能为她做什么，只能宽慰她，让她别过于思虑，要好好保重身体。

上车后本想研究如何转地铁到二老表家，他打电话来说犀浦离新都不远，下班后开车接我。我求之不得，身上自己的东西背了一袋提了一袋，还有一袋是给舅妈和表侄女的礼物，临走前师父交代的那袋野生猕猴桃最沉。上车不久，老表就开始问我以后的打算，读完书还要在庙上待吗？不是说这份职业不好，而是年轻女孩子换个更“体面”的会更好。类似的话。我晓得他为我好，不再像从前那样反驳。我边应着，边侧头看窗外，木芙蓉渐渐开了。

晚上和表侄女睡一屋，她精神异常好，硬把我聊睡着。迷迷糊糊中听她一个人从辣条、奶茶、冒菜、炸鸡腿数到薯片、火锅，最后她居然翻身起来去冰箱把晚上剩的两个泡椒鸡爪啃了，还吃了一个梨子，边啃边夸脆生生。她说我十点就睡太养生，我说上年纪了不比你们小娃娃啊。她听后觉得有道理，说自己老了也开始养生吧，边敷面膜边熬夜。迷迷糊糊中，还记得她说好想要一件汉服，可惜老表觉得那是奇装异服，不让穿。后来有一天，老表也和我说起这个话题，他不期望孩子多么出色，更不要走和众人过于不同的路，不便明说的“与众不同”自然就是我这个反面教材。我只有沉默，心里为表侄女惋惜，年少时不可以穿自己喜爱的衣裳，该多遗憾啊。接下来两天我都和梦铃宅在家里，她房间里一本课外书都没有，沉迷抖音，爱动漫，拖延做作业。房间不大，我闲得无所适从，还好阳台稍微宽敞些，放了一张竹椅，我就躺在上面看风景。实在也没什么好看的，脚边几盆花都干死了，君子兰严重缺水，开出来的花也像假的，还有几根瘦弱可怜的软姜叶，梦铃说当初种下时她还期望掐来煮面。远处高楼林立，缝隙中看到浑浊的湖水以及更高的写字楼，楼下来来往往的居民，老人小孩居多。住在山里是莫大的福气，起码有稍微广阔的天地可看，住在这样密集的商品楼里，步子都走不远，天不蓝水不净。

晚饭后表嫂要出去跳广场舞，她报了班，每天交一块钱场地费。天太热，我和梦铃看了会儿，就近去超市买冰棍儿。不一会儿她又折回去买，我让她不要吃太多凉的，明知她这个年纪不会听，仍反复说了几遍。夜里小区人更多，连暗处的儿童游乐区都挤满人，几个小朋友排着队荡秋千。器材周围垃圾遍地，我不愿多留，喊梦铃赶紧回去。她不甘心，荡了几圈秋千才满意而归，并发誓明早要很早来，这样就没人和她抢。自然，次日她睡到九点还没醒。

老表做轮胎销售，经常有应酬，胃不好。听表嫂说前几天喝得不省人事，胃黏膜出问题，疼得厉害。老表也知道自己不对，发狠戒酒，把家中剩下的两听啤酒都搬上了车，送回家给大舅妈喝。那天我早早热了稀饭，就着剩下的凉菜吃完，等他下班回来便一起回江阳。他顾家，几乎每个月都利用出差的机会顺便回趟老家。白天有事，往往开夜车，新都到老家要开四个半小时，挺辛苦。

上车后聊了会儿天，我就犯困睡了过去。醒来时正路过江阳市区，对周围的高楼华灯陌生不已，快到长江大桥时才渐渐熟悉。深夜竟然堵车，可以好好看这座桥，从前觉得威武不凡的大桥现已显得老旧，据闻要修新桥。两岸灯如繁星，江中一点儿亮色都没有，侧身看窗外，大半圆的月亮低垂着，并不清亮，晕得厉害。

车子到乡下仍觉得热，户外有三十二度。我没有家里的钥匙，老表给七姨妈打电话，问幺舅回家没。离家日久，亲友们的近况我都不清楚。原来幺舅幺舅妈又去昆明开馆子了，家里外公没人照顾，最近是由七姨妈照看。人老了就是这样，儿女再多，能在身边的又有几个？老表问我要不要回家住，如果确定要，就开车去梨子湾拿钥匙，我不想麻烦，况且并没有任何要拿的东西，这几天借住在大舅妈家也一样。

大舅妈住四老表家，我乡习俗，老人都是跟幺儿住一起的。四老表的女儿心心躺在沙发上看综艺节目，大舅妈在洗衣服。放下行李，摇着蒲扇站在客厅窗边休息，对面是从前念书的中学，上次回来还在扩建，现在新楼都修好了。操场亮着灯，宽敞的坝子、整齐的楼梯，记忆中的沙土被掩盖，香樟树还在，却显得矮小不少。房间有空调、凉席，睡着十分舒适，外头蝉鸣清杳。似乎想起许多少年时的事，也终于确信某段时光碾过此身，今时今日所走的路不如长辈们所愿，我却心安地注视着这一切。

睡到七点过起来，户外阳光明媚，远处屋顶一片金黄，乡镇的晨曦格外柔和。中学操场白天看上去比夜里更宽阔，有孃孃在晨练。趴在露台上，见楼下一株黄桷兰，叶子绿得发亮，单瓣木芙蓉零散散开几朵。舅妈热了剩干饭，煮丝瓜汤，炒红寒菜，是记忆中的米饭，色泽暗沉，颗粒不饱满，没有超市里的大米白，这是乡人自己种的。很久没有早餐吃干饭，觉得噎，勉强泡汤吃了几口，收拾东西，俩人一起到外公家。没有走正门，穿过另一栋小区，走临时围墙下的一条小路。路上有大片鸭跖草、南瓜花、血皮菜。再生稻都发出来了，远山如黛，极悠远的样子。舅妈忽然说："小时候你说，到三十岁还要念书，现在果真。"我愣了愣："看来多少童言无忌都成真了。"七姨妈就住在我们路过的那栋小区楼上，是勤勤表姐买的房子，出嫁后的春燕姐姐也回来挨着七姨妈生活。大舅妈讲给我听时，我愣了愣："那夫家以及孩子如何办？"大舅妈说："孩子给夫家养啊。"我甚为不解，问那春燕姐姐结这个婚为了什么，平白给别人生个孩子，然后又回娘家，难道一切只为了让她有一个像平常人一样的正常人生吗？大舅妈点头："要不然为了什么？"我不再说话，这简直是一场赌博，如果以后孩子长得不健康，该谁负责任？后来在微信里还和弟弟提起这个话题，他也觉得不可思议。在他们看来，传宗接代、繁衍子孙，真是比一切都重要。

到梨子湾时，外公一个人在槛坎上拾掇啤酒瓶子，我放下

外公的背影，整理这本书的定稿时，他已经过世

面包喊他过来吃。舅妈问他认不认得我，他说记不得。舅妈反复说了我的名字，他又哈哈哈笑，说认得的，怕喊错了所以说不认得。坐了会儿，他起身去收拾一堆黑线，那圈乱线上挂着几双草鞋。外公说是幺舅出去做道场时用过的。“现在大家都有鞋子穿，哪个还在乎这些。”又说什么：“买那么多房子做什么，等到那一天，要哭几场才交得脱手。”此类的话，我只听得懂一部分。多年来说普通话，对乡音里一些土话不太记得了，比如他说某人被“洋灰”压得腿断了，没钱医。又说再多的钱塞不够“太医”的腰包。

坐了会儿，我拿着相机四处闲逛。转角走过牛栏，看到大老表楼房门口一树紫薇花，瓜藤缠着树生长，叶子间偶尔冒出黄色花朵，树旁的甘蔗快倒了，用甘蔗叶捆绑在一起。对面几户生计困难的人家都盖起了新房，泡桐树没被砍掉，真是幸事。不知何时，外公拄着拐杖走到我身旁，他也抬头看紫薇花，说那是紫荆花，又叫痒痒树。真有趣，长久以来，我竟不知我乡和灌县一样，都呼其为紫荆花。外公还说此花可以食用，他言语表达不太清晰，我不确定是不是说用来炖猪蹄。

花树旁有一条小路，很早之前这里是个坡，对于小孩而言有点儿高。坡下有棵桃树，盛夏时树干上冒出亮晶晶的桃胶，看起来似乎软软的，摸起来却很硬，现在桃树早已不见，那块窄窄的地也被推平。我收腹侧身走过窄小的田埂，右手边的杉树擦到我手臂，痒酥酥的，左边好多紫色

大老表屋后的菜地

和外公一起看过的紫薇花

小野花，蜂子嘤嘤嘤飞来飞去。走到开阔一些的山包上，斜坡上一位妇人在锄地。她搁下锄头望着我，努力回忆着什么，但一言未发，想必没有想出来我究竟是谁。我却记得，她头脑有些痴呆，半疯不疯的。几年前和弟弟一起来，她看着我弟，问旁边的女孩子是不是新交的女朋友，让我俩十分无语。

曾经用长篇大论描述这里，真正走起来，用不上半个小时。始终觉得冷清，并非错觉，年轻人在城里买房安家，孩子们也大多在镇上住以方便上学，村里住的人就少了。外公从前住的祖屋，这回看连泥巴墙都倒完了，荒草比人还高，屋前池塘里堆满垃圾，只有旁边一丛芭蕉叶鲜亮可爱。大田改为鱼塘后并未带来太多的经济收益。尽头上坡的路都没影儿了，只能用脚拨开红苕藤慢慢探过去。三岔路口处，那条直直往上走的近路，可以直接走到大舅妈家，然而根本找不到下脚处，彻底荒掉。小时候夏天走那条路最可怕，总担心毛毛虫从青冈树上落下来，还有癞疙宝，睁着眼睛蹲在田埂边。

顶着太阳走一圈儿，回来脸绯红，坐在矮凳上休息。一只瘸脚鹅在院子里摇摇摆摆，栏杆外樟树、青冈树、矮竹，还是旧时模样。大舅妈去厨房煮饭，来时我们买了一块肉，她拿来煮丝瓜汤，又去地里摘了几个白胖茄子白水煮。厨房一点儿烟火气都没有，现在烧天然气，土灶闲置已久，房梁上还挂着几块发霉的猪皮，大舅妈看了都感慨，这东西现在谁还吃。烧水壶是坏的，花椒、蒜、豆瓣酱什么的都找不到，只有一坛盐蒜，大舅妈捞了几个准备拿来炒红苕藤，尝了一口，盐巴都浸到蒜心子里了，根本没法吃，只能扔掉。那红苕藤是她方才在屋后摘的。我和她坐在堂屋里一根根把老茎撕掉，土壤肥沃，长出来的藤藤浆汁饱满，摘完菜手上全是白浆，像胶水一样洗不掉，反复搓也没效果。外公胃口还可以，吃了一碗饭，喝了两碗丝瓜汤。表妹媛媛读五年级，个子蹿得快，加上她在城市长大，思想比同龄人成熟，看起来宛若大人了。

吃完少午①准备回街上午睡，临走时外公还在剥板栗。也好，有点事情做，不然一个人真不知道怎么挨时间。他一个人自言自语："人活久了总死不掉也是问题。"幺舅提了几个大松子、几株薄荷、一包白菜秧和一

曾经用长篇大论描述这里，真正走起来，用不上半个小时

遥远的夏天，曾以为会这样永远过下去

①少午，泸州方言，午饭。

白白胖胖的茄子

外公家的午餐

中午摘的红苕藤

炒菜用的青椒

袋板栗回来，百无聊赖，我们都围着剥板栗。生板栗要用剪刀把头子剪开再去皮，里面的瓤衣用开水烫掉。很多坏的，短胖短胖的板栗虫钻出来，表妹看到后惊爪爪叫唤，幺舅笑她没出息，说烤来吃香得很，油蚱蜢[①]烧烤也香，最后自然没有烤，而是丢给院子里的老母鸡当点心。

栏杆下喂着好多鸡鸭，我乡对鸭子似乎有偏见，觉得鸭子智商低，呼之“憨包鸭”，小时候没觉得这么喜感。其间和表弟视频，他之前去云南当兵，现在考上了军校，家人对于他现在的发展已经很满意。听小表妹八卦，说某人三四[②]给他介绍女朋友，

① 油蚱蜢，川地的一种昆虫，类似蚂蚱。

② 某人三四，我乡方言，意思是隔壁的某些人。

要不就是幺舅妈看不上，要不就是他看不上。

下午迷迷糊糊醒来，窗外天蓝得不真实，云亦不动，人声寂寥，客厅里电视轻声放着。在外公家楼上时，我眺望远处的山林，舅妈走上楼来。我说："那时候没有电视，暑假我是怎么度过的呢？现在想想，真不可思议。"她感慨："当真话，那些年生的事一点儿都想不起来了。"我忽然想到："就记得去竹儿头找燕窝，洗干净后用水彩笔涂得五颜六色，亮晶晶好看得很。"

五颜六色、亮晶晶，原来回忆起童年是这般明艳。上网看新闻，总看到三灾八难，觉得生活不易。看现实世界，又觉得有很多满足感，从前舅妈他们要种地下田，哪里有这么好的环境。哥哥姐姐们都在镇上买了房子，孩子读书也快读出来了，不管读不读得走，对于父母而言，都是尽了自己的责任。家里晚辈读书都不太好，大多沉迷于手机、电视，不过大家也不愁，总有出路。仍要结婚生子，平凡的幸福并不用太吃力就能延续。我曾经也想过，如此生活真的很艰难吗？童年玩伴大多仍在这里生儿育女，上班领几千块钱工资，衣食无忧。我真的不可以吗？

满眼皆绿，梦里也常常是这样的画面

总担心毛毛虫从青冈树上落下来

吃了晚饭，心心把要签字的单子给我，是关于暑期实践和身体健康的调查表，我代签了四老表的名字。真奇妙，原来自己已经可以充当“家长”的角色。听着窗外的蝉鸣入睡，侧身时还能看见中学教师楼楼道里的白色灯光。醒来舅妈已经做好早饭，她说今天逢场，心心还要报名，问我们先去赶场还是先去报名。我晓得学生娃娃报名不到九十点不得行，去早了白等，但心心很着急，总想早点去学校。她那种心情我理解，小时候一个暑假结束后，自己也是提前一天晚上选好衣裳，兴奋地等待着，当然前提是作业已经全部完成。我们将就心心，早早去学校。校门比以前宽多了，从前进门就能看见一块彩色瓷砖贴的万里长城图，现在拆掉换成了一块大石头，上面用红漆涂了校训。

舅妈带着心心去教室，我站在栏杆边闲望。办公室里老师们还在吃早餐，桌凳摆放的样子竟和十几年前差不太多。老职工宿舍楼还在，底下种了几棵玉兰树。大片梧桐被砍掉，新起了几栋教学楼。孩子们在楼道疯跑，去新教学楼领课本。职工楼保险窗外有三角梅、天竺葵、小铁树、紫罗兰等。旁边的空地从前是泥巴路，摆了几张石头打的乒乓球台，现今斜斜地往下推了个大坝子，有崭新的篮球场、球台，台阶两旁两株三角梅开得快燃起来，隔得远我起先认成紫薇花。再往外是田野、竹林，无边

教职工宿舍楼

的深绿色。这日天蓝无翳，想到的都是健康、生命力、希望。

这么站着，忽然一个熟悉的身影拍我肩膀，竟是勤表姐，她带着读五年级的娃娃报名。过会儿又来个年轻女子，舅妈介绍说是某老表家的表嫂。我不认得，只记得之前的凯丽姐姐，她人生得很美，教会我包饺子，新的这个还没打过照面。后来我才知道，老表表嫂离婚的起因是张大老表出轨。表嫂很可怜，嫁过来后生了一儿一女，离婚后张家一个孩子都不肯给她。表嫂生头胎时还不到二十岁，剖宫产，孩子生下来后总感冒。听舅妈说，她二胎后身体受损，几乎没有再怀孕的可能。即便站在亲戚的角度，舅妈也觉得幺姨妈一家做得太过分，说表嫂每个月还回来看孩子，买很多东西，走时很舍不得。几天后我和弟弟打电话说起这件事，他也有点怅然，说凯丽姐姐人多好啊，张大老表一点儿都不懂得珍惜。我小学的班主任老师，也是个温柔多才的美人，毕业不久，听说她丈夫也出轨，大家都觉得新人比不上她好，可架不住郎心似铁。这些事，我反正是想不明白的。

小学操场

她俩聊天，我见勤表姐新烫了头发，发尖儿绕成两个圈儿，柔顺好看。她头发一直就多，随便抓一绺都比我厚实。楼下有棵大桂花树，叶子细小，两只雀嬉戏其中，我忙喊勤表姐看，她又发现另外几个鸟窝。闲话几句后，她便去交学费。我独自到楼下看三角梅，几个小朋友过来扫

几个小朋友过来扫地

地。“啊，怎么长这么出来，都不修剪吗？”“哎，我真不想读书啊。”诸如此类的童言。往回走时，楼上有孩子玩气球，大概是没抓稳，粉色气球缓缓落下来。

报了名去赶场，其实没什么好买的。我想吃笋子，舅妈说屋头到处都是，傍晚散步回去掰一根就是，犯不着买。又看了看茄子、丝瓜，她说这些也都有，因此逛了一圈儿只买了棵水白菜。我乡盛产桂圆，今年丰收，十块钱六斤，到中午点直接降到一块钱一斤，这种桂圆个头不大，肉薄薄一层，核也不算小，但果肉多汁鲜甜。商贩扯一张胶布铺开，桂圆堆了满地，有些老人家就站在摊子面前尝，那所谓尝，和放开肚子吃也没什么两样。我看后笑，说这种尝法也忒不厚道了。舅妈说那有什么见怪的，总有些人买东西时就这样，东家尝一口西家尝一口，赶完场什么都没买，但什么味道都吃到了。

提了水白菜、桂圆、提子回家，中午热的剩菜，还炒了半边白菜。饭后闲聊，自然说起我的事。舅妈转达我妈的意思，说我

我乡的桂圆

结婚生了娃不带都可以，她心甘情愿带。我苦笑，不是出于爱，而是出于所谓的责任和让自己看起来是个正常人这样的理由生下孩子，是我的痛苦，也是孩子的不幸。她也不再多言，说反正我不是憨的，晓得为自己打算就好。那天傍晚她喊我饭后带着云川和心心散步，她走得快，回乡下掰笋子。我看着窗外的天慢慢变暗，想着她匆忙赶路的样子，心里有说不出的滋味。

竹笋是用来烧鸭子的，这是第二天中午的主菜。市场里的鸭子腥味儿重，肉质松散，不如家里放养的好吃，但舅妈搬到街上住后便没再养家禽。她提前就给六舅打了电话，请他捉一只鸭子上街来。起先她说六舅，我始终没明白是何人，和我是什么亲戚关系，后来才反应过来是她哥哥。她本想请七姨妈过来一起吃午饭，七姨妈手艺好，可以帮着烧鸭子，后来姨妈不过来，她就只有自己做。切了泡姜、泡海椒、生海椒，提前漂好竹笋和鸭子一起烧，炒至干香。一只鸭子烧出来堆尖尖两碗，她晓得我想吃酸菜汤，把笋片留出一些烧汤，还说现在移到玻璃坛子后，酸菜没有以前土坛子里的好吃，但我觉得依旧是以前的味道。中午一大桌子人吃饭，舅妈、我、云川、心心、媛媛、六舅，幺舅家的媛媛之前在食堂吃饭，后来觉得不营养，就到舅妈家一起吃，舅妈想着都是亲戚，就答应了，这样一来又有许多亲戚想把孩子送来吃中饭，她都没答应，

那天傍晚她喊我饭后带着云川和心心散步，她走得快，回乡下掰笋子

说只要张了口就刹不住。小孩子们吃得快，最后就剩我、舅妈和六舅三人，六舅话不多，为人直爽，他来时舅妈给他钱，俩人丢来丢去都不收，六舅意思是都是姊妹家，分这么清楚做什么，舅妈却说他养鸭子费心费力，总不能都送人。最后拗不过六舅，舅妈难为情收回钱。我低声劝她，下次给六舅买点烟也一样的。

我对舅妈的姊妹没什么印象，吃饭时提起幼年她带我去另一个舅妈家，那条路上开着许多白山茶，屋后挂着一树藤梨，大家围着电视看《刘三姐》。她夸我记性好，说那是四舅妈家，并肯定地说也背着我去过六舅家，我却丝毫想不起来。六舅吃饭不拘谨，用他的话："我这个人就是这样，不来就不来，来就要吃好。"他说之所以来舅妈这里吃饭，是因为进门不用换鞋子，现在好多亲戚搬到街上住，进屋麻烦得很，鞋子换来换去，都不敢多走几步，怕把屋子踩脏了，拘谨得很。舅妈说："你看我该没喊你换鞋子嘛，随便踩。"

陪着舅妈喝了些酒，午睡极安稳，迷迷糊糊中听见推门的声音，睁眼看是七姨妈带着孙女过来。她进门我就晓得，来当说客的，针对的自然是我的终身大事。每次回乡都很无力。这次我开始反思，也许我一路的选择确实是一种"逃离"，既然无法融入妥协，就只有做个异乡人。是否我对她们的爱并非源于相互理解，更多是血缘的牵扯和模糊童年里的微光？当姨妈问我是不是身体有病才选择这条路时，我便彻底沉默。她说："大家不羡慕哪户人家有多少钱，而是问有几个儿女，觉得这才是福气。你一个人煮一锅汤，一个人吃，就凄凉。""你看整个镇只有你这样，我们家族只有你这样。"

我想了良久，叹气道："我自小就与众不同，也试图改，但这么多年改不了，其实你不知道，我曾经为了过你们想要的生活努了很多力。很抱歉。况且我走到今天，也不容易。这条你们看来毫无意义甚至觉得羞耻的路上，我付出了很多。”至亲至疏这几个字确实很有意思，他们对我的记忆和期许无不光明璀璨，只有我自己，食冰知寒，遇河知险。

聊到无力时，我攥着被子角，忍不住落泪。事后想起来觉得可笑，为何还要落泪？不是委屈，而是可怜自己，可怜自己无能为力，看到至亲陷于偏执，无法接受更多的可能性，用自己的观点评判一切。我热爱万物，也热爱生命，但前提是我心甘情愿，而非被迫，出于责任，出于妥协。我再三强调，我非憎恶婚姻，非身体有病，只是在这个阶段有更重要的事要去追求，无法分心，而姨妈始终无法理解，甚至在我说起“理想”“痛苦”这些词汇时忍不住发笑，笑我想这些不能当饭吃的没名堂[①]。后来话题转移到念书的事，她首先肯定读书自然好，读完书再结婚，或者读书时留心找个合适的也好，又问我钱够不够。我自嘲似地说：“钱的事你们不用担心，学费住宿费是公费，平时开销不过就是保障基本生活，我这些年攒了些钱，大体上够支持这几年读书。”她面露尴尬：“你不要因为姨妈说了这些就多心，不用你爸妈的钱，你以为这样子他们会安心吗？”我无可奈何：“用了我更不安心，无论做什么都无法弥补欠你们一个孩子，丢失了一家人脸面这个错误。既然如此，我能做的不过是少给你们增添点负担。”我知道自己这样说有负气的成分，而事实上当年妈确实说过：“你出家可以，这些年我花在你身上的钱全部还给我。”都有气啊，谁都觉得自己是最委屈的人。

不欢而散，她一脸孺子不可教的表情离开。舅妈看着我红红的眼睛，劝我别把姨妈的话放心

①没名堂，川方言，不应该，不合理。

上："她那个人就那样，话说得绝，这么多年了我们都晓得。"我擦把脸，看了会儿书，也觉得好笑。忍不住和弟弟打电话，他难得正儿八经说了几句话："我由衷地祝福老姐能站得越来越高，看的东西能越来越多。"听着这些话，我真的很感动。后来他还和我说，以有我这个姐姐为傲，让我不必理会阻碍，要勇敢地追寻自己的生活。他甚至在妈面前帮着我说了许多话，他问妈："到底所谓的听起来好听重要，还是自己女儿的幸福重要？大家都是看着自己碗里的饭，谁真正关心别家的生活。"他一直试图让妈放下面子观念，理解不同的选择。难以想象，他那样慢吞吞的性格，耐着性子和妈妈说这么多。

小镇风景

2

在家的最后一天早晨，云川一早和同学结伴下县城。七姨妈早饭后过来帮忙做红烧肉，春燕姐姐也过来了，穿着碎花裙子。我从行李中翻出一条珍珠项链，给她戴在脖子上，她开心地赞美很好看，问能送给她吗。我说："就是送给你的呀。"她笑眯了眼睛，跑到厨房给七姨妈看，一旁的缪红很不满我把项链送给了她，跳起来想抢。舅妈望了我一眼，意思是东西不要随便送，自己也留一些，我心想，这些俗家用的东西，搁了这么些年，白白辜负，倒不如散出去给姐姐们作纪念。此时她还忙着切胡萝卜，菜板边堆着几碗切好的姜丝、辣椒丝、小葱、香菜，竹编的小篓里摆着撕去老茎的青菜，姨妈主厨，翻动锅铲，真香啊。抽油烟机咕噜噜抽着，香辣味仍呛鼻，我掩着嘴咳嗽，眼角情不自禁泛酸。

原打算午饭后就坐班车到市区，但那天太阳大，用舅妈的话说："看着都袭人。"左挨右

从这段光阴里走来，又走回去

故园里，舅妈牵着我行过的路

挨，不知不觉已到四点多，二老表打电话来，说约大家到“张六馆子”吃土鸡汤，把外公、幺舅、幺姨伯、七姨妈等都喊上了。难辞盛情，等着心心把作业写完，我们便慢慢走去吃饭的地方。“张六馆子”开在旧家楼下，门口种的黄桷树，那年政府把原先的榕树挖掉，改种新树，很长一段时间里树木都没有生气，我以为活不过来。到餐馆时，抬头看了看从前住过的楼层，阳台上晾晒着衣裳，听舅妈说租出去了，一个月才三百块钱，租金由幺舅收着，平时补贴给外公开销。进门后，老板和老板娘在切菜，他们一眼认出我来，示意我到包间去。推门一看，真热闹，大人坐一桌，小娃娃又坐了一桌。一桌有外公、

袭人太阳下，空旷静谧的操场

幺舅、幺姨伯、七姨妈、大舅妈、二老表、春燕姐姐，另一桌是幺姨妈家两个孙孙、七姨妈家两个孙孙、大舅妈家一个孙女、幺舅家媛媛表妹，媛媛颇有领导风范，控制全场，负责和我们这桌传递信息，照顾小辈们想吃什么，开席前还帮忙辅导功课。幺舅看了颇为自豪，夸奖媛媛有“司令风范”，在学校里好多同学都服她。锅里炖着乌鸡汤，烧了大头菜和菌菇，二老表说在这里吃能保证是土鸡。我一点儿都不饿，尽挑些青菜吃，大舅妈一直把菜往我碗里添。外公他们喝白酒，二老表提议照顾下舅妈和姨妈，再买点啤酒。我起身去对面的超市，买了两罐黑啤，结账时老板娘看是我，有些诧异，感慨好些时候没见了。她丈夫和我妈妈曾是同学，孩子和我又是多年的同学。同学毕业后在本地企业里上班，在当年一批同学里，学历和工作都算极体面的。本科后我们就很少联系，后来我换了好几次电话，原先的微信也弃用了，就彻底断了联系。

先开了一罐，给舅妈倒上，又给外公也添了半杯，他们居然都觉得黑啤好喝。姨妈忙着照顾孩子，没来得及喝。怕时间太晚，进城天黑，匆匆吃几口我便起身告辞，临走时憋足了长长的一口气说：“外公、幺姨伯、幺舅、二老表、七姨妈、舅妈、春燕姐姐，我就先走了，你们慢慢吃。”舅妈连忙丢下筷子帮我提行李，反复提醒我东西是否带齐。我喊她不要起身，好好吃饭，她不听，硬要送我去车站，其实不过几分钟路程。路上我问幺姨妈怎么没来，她说姨妈帮忙做“一条龙”去了。我乡现在办酒席流行请人到家办，分两种情况：要不就主人家买好材料，只给加工费；要不就一切承包给别人，后者称为“一条龙”。幺姨妈主要去帮着洗菜、切菜、洗碗，一天能挣一百五十块钱。从我的角度看，这百来块钱挣得太辛苦，但舅妈说幺姨妈一个月要出去帮好多次，算起来收入很可观，反正不出去做事就分文不进，又没人拿钱给她用。

刚好是放学时间，车站里挤满了学生，舅妈示意我站在前面抢位置，我摇头笑笑：“不能插队。”我放下行李站在荫凉处休息，频频劝舅妈回去吃饭，她总推辞说自己不饿，想看着我上车，拉着我的手问身上有没有零钱，嘱咐不要总拿钱给别人用，自己要留些，出门在外不露财，女孩子家家多注意安全，如果将来真有合适的，考虑下终身大事也是好的。挤上车时已没有位置，我扶着柱子，从缝隙中看到她向我挥手，直到车子发动也没有离开，夕阳照出她脸上清晰的皱纹。

我乡没有什么产业，不像隔壁几个镇，或卖河沙，或产筷子，或做纸伞，因此没被过度开发，进城一路上山明水秀，栾树色彩明丽，荷叶尚青。临近“大兰皋”那截路中玫红色三角梅盛开，从前在家时，晚饭后我偶尔走到附近。车厢十分拥挤，拎着口袋站了好久，过“寿登寺”后陆续有学生下车，我找到一个靠窗的位置坐下，贴着窗户看外头的树影。车内有妇人背着整背篓鲜荷叶，叠得齐齐整整，浑浊的空气也盖不住那股清香，她一直用手护住背篓，怕荷叶散落。这样的情景是我再熟悉不过的，令人怀想起盛夏手捧莲花的女孩，秋日抱着大枝桂花的母女，寒冬里早班车上背藕进城的老人。那些人的面孔我记不住，但影影绰绰的画面一直在。后座是一对男生女生，女孩子长得清秀动人，方才站着时我便忍不住多看几眼，她绑着简单的马尾，额前的碎发随风轻轻扑闪，鹅蛋脸，皮肤白里透红，眼眸黑亮，上天真眷顾她，连在这样拥挤的车内，夕阳都不偏不倚落在她肩上。旁边的男生和她聊天时，眼神一直落在她发间，似乎不敢直视女孩子的眼神。世间到底还有这样的美好，善女子在余晖中言笑，少年亦无邪思，像藕节忍不住往上蹿，是清洁的思慕，要开出莲花来。

等到市区时，天黑尽了，打车到友人外婆家。夜里和友人睡一屋，麻将席钩住我几根头发。次日坐车到成都，先到机场附近的酒店安顿好，还有一整天的空闲，没想好如何打发，恰好师父打电话来说道士证应该办好了，如果方便，让我自己去青羊宫问问能不能拿。青羊宫我只去过一次，还是陪领导去办事，压根儿没好好参观，这次正好去细细看看。

下地铁后有点分不清方向，凭感觉顺着街道走，问了一对老夫妇，肯定了路线，七绕八绕才到道观门口。那条路在修地铁，坑坑洼洼，摩托车常溅起泥水。进门后先直奔协会，敲门无人应，到隔壁办公室询问，工作人员说协会的人下午才上班，一般如果来办事要提前打电话和他们联系才行。我并不急着拿东西，折身四处闲逛。阴天凉快，观内古树茂密，林中如有细雨，那几棵大樟树真好。大盆秋海棠摆在栏杆上，花朵肥润，紫薇花、重瓣紫木槿、单瓣白木槿、指甲花、大丽花、各色三角梅交错开着，大栀子花骨朵也有。虽在喧嚣的市中心，一墙之隔，与外界仍是天壤之别。

观内壁画繁多，看不过来，只能走马观花，瞧见裴航云英的故事，驻足许久，还很喜欢弹琵琶和吹笛的两位女仙。神女的衣

成捆出售的荷花，记忆中的寻常

带、发丝是令人遐想的凭证，有它们在，再不堪的浊世似乎也可有奇迹发生，这叫“遇”。唐王殿建在高台上，上楼的台阶青苔很厚，覆有槐花瓣，屋顶青瓦已成苔绿色。我喜欢那处栏杆，立在边上似乎靠古树更近些，视线也相对开阔，不像行走在底下，抬头只有密密麻麻的树叶。在三清殿旁坐了会儿，冷飕飕的，起身找饭吃。大爷指路往居士斋堂走，青羊宫斋饭果真美味，八块钱两菜一饭，十块钱四菜一饭，婆婆大爷们排了好长一串队伍。我到售票窗口，问卖票的师父可不可以吃饭，她说了一句：“我认得你。”并给了我一张八块的餐券。中午有炒莲花白、炒花菜、麻婆豆腐、凉拌三丝。我吃的三丝和花菜，很大一碗，有盐有味，饭软乎，庙上的饭都粑。

饭后散步到另一个院子，主殿是元辰殿，大门紧闭，灰尘很厚，应该没有开放。左右厢房名为“含真”“抱朴”，廊下有坤道师父在洗衣服。庭中植物比外面家常些，有柏、罗汉松、柚、蜡梅、枇杷、茶花、大叶芋头、青椒、三角梅、望鹤兰、淡黄色晚饭花、红苕叶、小葱。罗汉松果子落了满地，一半紫红一半青，这种果子吃起来有点涩有点糯，甜甜的。青柚满枝，应有百来数。右侧厢房前开了两个小池子，以木板搭的小桥隔开，水中金鱼游动，白色睡莲婉约开着，另有两只塑的仙鹤在啄水，形态生动。

下了一层小雨，坐在台阶上看芋头叶子，很像前几天在家里看过的，舅妈还说摸了手会痒。风有种萧萧意味。耳边传来咕咕

琴萧合奏

咕声响，抬头见屋顶几只灰鸽子在散步，外头银杏叶、楠木叶、凤凰木叶阴沉沉的样子，时动时不动。洗衣服的老师父刷得细，刷刷刷、刷刷刷刷刷，一会儿又倒水，哗啦啦啦。想起来时在墙角看到的两句诗：“天下自滔滔，吾亦复尔尔。”

这样坐了半晌，慢慢往深处走，不知不觉到了书院。先前我便来过一趟，想找王道长，值班的是个俗家人，告诉我下午一点半左右王道长才来换班。他从前在我常住的道观待过一段时间，彼时我尚处考核期，平日在殿堂打扫，俩人鲜少交谈。后来几年里，零零散散听了不少关于他的消息，近日听道友说他又在青羊宫常住，我觉得惊讶，世界难道可以小到这种地步，转来转去竟又回来了？书院编辑部门口有方长凳，我放下包后坐着休息，面前的花坛里种着不少青椒，右侧书架上摆着自印的书籍，相比前院儿，这里分外安静。不一会儿一个短发俗装的年轻人开了办公室门，我看那侧脸有些似曾相

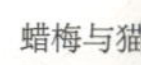

蜡梅与猫

始终能忆起那回在山门口做超度，昏昏烛火下他问我从哪里来

识，却想不起来是谁，冒昧地跟在其后询问王道长是否在。他好奇地问我找王道长何事。我说我们之前认识的。他神色诧异，我愣了好一会儿，盯着他的面容左看右看，恍然大悟：“难道你就是？”他这才表明身份，自己就是王道长。然而显然他并不记得我了，仍问我是谁。我提起当年的事，问他是否记得，他冬天时来殿堂讨蜡梅供神，又说自己当初还是短头发，没有正式出家。他这才记起来，感慨最初还以为我只是在观里做义工，没承想真的住下来了。如今这样的重逢更有趣，我们都换了一身衣服。他给我泡了岩茶，我坐在靠门口的椅子上与他闲聊，大致晓得这几年他的经历，当年在观里不欢而去后，游历了许多地方，还剪了头发，最后仍回到道观，目前就在这边做事。

这时屋外起风，檐上树叶飒飒，地上落叶卷动，似乎可以听见微尘在空气里浮动的气息，一股薄薄的土气飘进来，原来外头有一滴没一滴地落着雨。手边的茶汤热气滚滚，我一时失语，摸着镯子看纹路，又环顾屋内的陈

那年春天，师兄们一起上山朝拜祖师

蔷薇花下，年轻师兄的背影

设，恍惚记起他曾经的模样，比现在白净，一头乌发比坤道还柔顺，束发后光华靓丽。始终能忆起那回在山门口做超度，昏昏烛火下他问我从哪里来。我低声回答，他错听为别处。还有他主经时声音洪亮沉稳，老师父们都夸他有天赋，年纪小却压得住场。

变迁是常事，我们在变迁中试图寻找最合适的存在方式，这一路中的波折在旁人看来或许可笑可叹，甚至有所指摘，但这不能折损我们的勇气。后来偶尔想起他的经历，我有这样的感想。在别人的无常中照见自我，我亦总要变迁。不要畏惧他人的眼光，跌宕只是经历中的一部分。又何必，非要圆满？我们都不是没有弱点的金刚不坏之身，注定要在各自的轨迹上起起伏伏。于是，我怀着这样的心离开蜀中，开始全新的生活。

荷叶青青，你还年少

山上山下，都要面对最朴实的生活

走遍青山人未老